Geschichten für zwischendurch

Noor van Haaften

Geschichten für zwischendurch

SCM Hänssler

SCM

Stiftung Christliche Medien

1. Auflage 2011 (5. Gesamtauflage)

© der deutschen Ausgabe 2011
SCM Hänssler im SCM-Verlag GmbH & Co. KG ·
71088 Holzgerlingen
Internet: www.scm-haenssler.de; E-Mail: info@scm-haenssler.de

Die Bibelverse sind folgender Ausgabe entnommen:
Lutherbibel, revidierter Text 1984, durchgesehene Ausgabe in neuer Rechtschreibung 2006, © 1999 Deutsche Bibelgesellschaft, Stuttgart

Übersetzung: Martina Merckel-Braun
Umschlaggestaltung: Bergmoser + Höller Agentur, Aachen
Titelbild: Aly te Rietstap, Amersfoort, Niederlande
Satz: Christoph Möller, Hattingen
Druck und Bindung: FINIDR, s. r. o. Tschechien
Printed in Tschechien
ISBN 978-3-7751-5289-1
Bestell-Nr. 395.289

Inhalt

Vorwort

Was bringt man mit, wenn man bei jemandem zum Essen eingeladen ist oder einen Krankenbesuch macht? Einen Blumenstrauß, eine Schachtel Pralinen? Immer eine gute Idee. Eine schöne Zeitschrift? Auch nicht schlecht. Eine Flasche Wein oder Traubensaft? Ja, das kommt bestimmt prima an. Oder vielleicht ... ein Büchlein für »zwischendurch«, in dem man ein bisschen blättern kann, in dem man ab und zu ein paar Seiten liest und das man wieder beiseite legt bis zur nächsten »ruhigen Minute«?

Dieses Buch enthält 22 Geschichten von alltäglichen Dingen und alltäglichen Menschen. Darum ist es ein Buch für jedermann (und jede Frau!) – für die ruhigen Minuten »zwischendurch«.

Gibt's hier auch 'nen Vater?

Es ist schon etliche Jahre her, dass ich eines Tages beim Bügeln ein lautes, rhythmisches Poltern an meiner Haustür hörte. Als ich zum Fenster ging, um nachzusehen, was los war, sah ich ein kräftig gebautes Bürschchen von etwa vier Jahren, das auf dem Treppenabsatz auf- und absprang in dem Bemühen, die Klingel zu erreichen. Es war der Sohn einer Familie, die vor nicht allzu langer Zeit in ein Haus eingezogen war, das ein Stückchen weiter oben an unserer Straße lag. Überrascht öffnete ich die Tür in der Erwartung, dass wir ein Schwätzchen miteinander halten würden. Ich bekam jedoch nicht die Chance, etwas zu sagen. Mit der schlichten Mitteilung: »Ich hab' dein Haus noch nicht gesehen!« trat der Kleine beherzt über die Schwelle. Es war offenbar nicht seine Art, um den heißen Brei herumzureden, und nun war es an mir, auf diese Mitteilung zu reagieren.

Da ich gerade beschäftigt war, zeigte ich ihm die Treppe und lud ihn ein, meine Wohnung selbst in Augenschein zu nehmen und im oberen Stockwerk zu beginnen. Der Vorschlag fiel auf fruchtbaren Boden. Das Bürschchen verschwand nach oben und bald hörte ich an seinen Schritten, wie er durch die Räume ging. Als er genug gesehen hatte, kam er wieder nach unten, ging ins Wohnzimmer, baute sich vor mir auf, stemmte die Hände in die Hüften und sagte: »Du hast oben ein Zimmer mit Spielsachen, aber wo sind die Kinder?« Ich erzählte ihm, dass ich selbst keine Kinder habe, dass ich aber ein Gästezimmer besitze mit ei-

nem Kinderbett und Spielsachen, wenn Kinder bei mir übernachten. Diese Erklärung stimmte ihn ein bisschen nachdenklich und veranlasste ihn zu der Frage: »Gibt's hier auch 'nen Vater?« Wieder musste ich ihn enttäuschen. Ich schüttelte den Kopf und sagte: »Nein, den gibt's hier nicht.«

Der Kleine war etwas verlegen – er witterte ein großes Problem. Seine unbefangene Frage hatte ihn in eine unerwartet prekäre Situation gebracht. Um sich ein bisschen Zeit zum Nachdenken zu geben, überlegte er sich ein großartiges Ablenkungsmanöver. Er lief zu meinem großen, bunten Chesterfield-Sessel, einem überdimensionalen Möbelstück, dessen Rücken- und Armlehnen eine einzige Linie bilden, und sagte: »Du hast aber 'nen komischen Sessel!« Während er einen Schritt zurück machte, um ihn noch einmal gut anzuschauen, klopfte ich liebevoll auf die hohe Lehne. »Das siehst du falsch«, sagte ich dann. »Das ist ein besonderer Sessel, in dem ich mich ganz und gar verstecken kann.«

Ich sah, wie es in ihm arbeitete, während er mich von Kopf bis Fuß musterte. »Da passt du gar nicht rein«, sagte er entschieden. Dann nahm er einen kleinen Anlauf und sprang mit dem Kopf zuerst in den Sessel hinein. Als Nächstes wand er sich hin und her, rollte sich zusammen und versuchte nach Kräften, sich in dem Sessel zu verstecken. Schließlich stand er auf dem Kopf, eine beklemmende Position, die ihm den Atem nahm. Während sich seine Gesichtsfarbe langsam aber sicher in Richtung Lila veränderte, dachte er offensichtlich angestrengt nach. Über das Dilemma des nicht vorhandenen Vaters. Kein Vater, keine Kin-

der, aber Spielsachen. Es dauerte ein bisschen, dann kam sein folgender Kommentar. Er kostete sichtlich Mühe, denn der Kleine bekam nicht gut Luft, was ihn aber nicht am Nachdenken hinderte. »Weißt du, was schlimmer ist?«, presste er hervor. Ich überlegte. Schlimmer als was? Schlimmer als allein zu leben und keine Kinder zu haben? Ich schüttelte den Kopf und wartete auf die Antwort. Und sie kam, in kindlicher Einfalt und Weisheit: »Wenn die Leute sich scheiden lassen.«

Jetzt war es heraus. Das Bürschchen arbeitete sich ein bisschen benommen aus dem großen Sessel heraus, zog sich die Kleider zurecht und lief zur Haustür. »Tschüss!«, sagte er. Es gab keinen Grund, länger zu bleiben. Er hatte gesehen, was es zu sehen gab, und gesagt, was er zu sagen hatte. Ich machte die Tür auf und ließ ihn heraus.

Die Familie ist inzwischen weggezogen und aus den Kindern sind junge Erwachsene geworden. Der kleine Bursche von damals hat wahrscheinlich ein Studium aufgenommen, oder er ist schon berufstätig. Mein Gästezimmer ist nun auf Erwachsene eingerichtet, dort liegen Zeitschriften und Bücher, auch wenn Kinderbett und Spielsachen immer noch in Reichweite sind.

Es hat sich viel verändert, aber eines nicht: Eine Scheidung ist und bleibt eine traurige Sache.

Nein, nicht nur die Betagten sind weise; man muss nicht im vorgerückten Alter sein, um zu begreifen, was richtig ist.

Hiob 32,9; Hoffnung für alle

Wieder Kind sein

Es war voll im Warteraum des Belfaster Flughafens. Mit ihrem Gepäck auf dem Schoß oder auf dem Fußboden neben sich warteten die Leute darauf, dass der Flugsteig geöffnet wurde. Ich begann ein Gespräch mit dem älteren Ehepaar, das neben mir saß. Unter der Jacke des Mannes hatte ich ein Beffchen hervorschauen sehen und das war ein guter Anknüpfungspunkt. Ich selbst hatte gerade einen Vortrag bei einer Tageskonferenz einer presbyterianischen Kirche in Belfast gehalten.

Schon bald entwickelte sich ein angeregtes Gespräch. Es stellte sich heraus, dass das Ehepaar in London wohnte. Während des Zweiten Weltkriegs hatten sie einander auf seltsame Art und Weise kennen gelernt. Das Gebäude, in dem sie zum Gottesdienst ging, war von einer Bombe zerstört worden, während seine Kirche verschont worden war. Die beiden Gemeinden beschlossen, in dem Gebäude, das stehen geblieben war, eine gemeinsame Gebetsstunde abzuhalten. Die Einzigen, die an jenem Abend zu der Gebetsstunde kamen, waren eine junge Frau mit ihrer Mutter und ein junger Mann. Das führte dazu, dass die beiden jungen Leute ein Ehepaar wurden, was sie mittlerweile schon seit fast sechzig Jahren sind.

Als der Flugsteig geöffnet wurde, gehörten die beiden zu den Ersten, die einsteigen durften. Ich kam viel später an die Reihe und hatte mich mit dem Gedanken ausgesöhnt, einen Platz irgendwo hinten im Flugzeug zu bekommen. Da sah ich gleich, als ich das Flugzeug bestieg, in der ersten

Reihe meine neuen Freunde sitzen. Sie hatten einen Platz zwischen sich freigehalten und klopften enthusiastisch auf den leeren Sitz: Der war für mich!

So setzten wir bald darauf unser Gespräch fort, links von mir die alte Dame und rechts von mir ihr Mann. Es gab mir ein Gefühl von Wärme und Geborgenheit.

Während wir uns über alles Mögliche unterhielten, kam plötzlich die Frage: »Haben Sie noch Eltern?« Ich war überrascht; das ist sicher keine Frage, die man als über Fünfzigjährige noch erwartet. Dazu kam, dass ich meine Mutter gerade kurz zuvor verloren hatte. Als ich das erzählte, wurde das Gespräch plötzlich sehr persönlich. Wie besonders und kostbar ist doch dieses Band, das Glaubensgeschwister miteinander verbindet. Die Anteilnahme, die diese beiden wildfremden Menschen mich spüren ließen, war eine Wohltat, ein unerwartetes Geschenk auf dem Weg von Belfast nach Luton.

Als es einen Moment still wurde, begann die Frau plötzlich in ihrer Handtasche herumzukramen. Es fiel eine Münze heraus, die ich mit einiger Mühe unter ihrem Sitz wiederfand. Wieder fiel eine Münze heraus. Das Gewühl in ihrer Tasche ging weiter. Auf einmal nahm sie meine Hand, schob etwas hinein und schloss meine Finger darum. »Stecken Sie's weg«, flüsterte sie, »und nachher, wenn Sie auf Ihren Anschluss nach Amsterdam warten, kaufen Sie sich davon was Leckeres zu essen.« Ich nickte überrascht und tat wie geheißen.

Bald darauf landeten wir in Luton. Wir verabschiedeten uns herzlich voneinander und ich ging zum Restaurant, um mir eine Tasse Kaffee und ein belegtes Brot zu holen. Da entdeckte ich, dass die Frau mir umgerechnet etwa 25 Euro in die Hand gedrückt hatte! Davon hätte ich königlich schmausen können, aber im Nachhinein erwies es sich doch als günstig, dass ich mir kein warmes Essen bestellt hatte. Ich hatte mein Brot kaum in der Hand, als im Warteraum der Alarm losging: Wegen einer Bombendrohung mussten alle Hals über Kopf ins Freie. Dort habe ich mich dann in die Sonne gesetzt und mein Sandwich aufgegessen.

Als ich wieder zu Hause war, machte ich ein Päckchen zurecht – zwei Schokoladenbuchstaben, ein A für »ihn« und ein E für »sie«. Und eines meiner Bücher, ins Englische übersetzt. Ein Gruß aus Holland für zwei liebe alte Menschen, die mir das Gefühl gegeben hatten, wieder Kind zu sein. Ihre aufrichtige Anteilnahme und die Liebe, die aus den 25 Euro für »was Leckeres zu essen« sprachen, waren wie Balsam für meine Seele. Freundliche Worte sind wie Honigseim, sagt der Prediger. Diesmal hatte ich die doppelte Portion erhalten: freundliche Worte und eine freundliche Tat. Damit konnte ich wieder eine Zeit lang weiter.

Eure Güte lasst kund sein allen Menschen!

Philipper 4,5

Den richtigen Weg gehen

Ich schätze die Frau, die mich nach meinem Vortrag bei der Frauenkonferenz anspricht, auf Anfang dreißig. Ob ich Zeit hätte zu einem kurzen Gespräch? Ich lege meine Bibel und meine Papiere auf die Fensterbank und suche uns ein ruhiges Plätzchen.

»Sie haben über Reinheit gesprochen«, beginnt sie zögernd, »und Sie haben verschiedene Gebiete genannt, auf denen der Herr von uns ein heiliges Verhalten erwartet – unter anderem unsere Finanzen ...« Ich nicke. »Mein Mann ist selbständig. Ich mache die Buchhaltung, ich werde dafür bezahlt. Das Problem ist: Ich weiß, dass die Unterlagen, die ich von meinem Mann bekomme, nicht vollständig sind. Es wird recht häufig bar bezahlt und ich weiß auch, dass regelmäßig Schwarzarbeiter in der Firma beschäftigt werden. Aber das geht natürlich nicht durch die Bücher ...« Sie schweigt und ihre Augen füllen sich mit Tränen. »Es macht mir immer mehr Not, dass unsere Buchhaltung nicht in Ordnung ist, aber ich weiß nicht, wie ...«

Sie schweigt einen Moment, dann fährt sie fort: »Jedes Mal, wenn ich mit meinem Mann darüber sprechen will, bekommen wir Krach. Er wird dann böse und findet, dass ich mich da nicht einmischen darf, weil ich es nicht verstehe. Er sagt, dass wir es nicht schaffen, wenn wir anders arbeiten. Dann lasse ich es immer auf sich beruhen, aber die Sache lässt mir einfach keine Ruhe. Sie raubt mir den Schlaf. In den letzten Wochen habe ich ein paar Mal vor

seiner Bürotür gestanden, aber ich wage einfach nicht mehr, davon anzufangen.«

Da sitze ich nun. Ich habe über kompromisslose Nachfolge gesprochen und meine Zuhörer ermutigt, in ihrem Leben Ordnung zu schaffen und keine versteckten Sünden und trübe Dinge zu dulden, die Gott nicht gefallen, weil so etwas unserem Leben mit Gott im Wege steht. Ich bin davon überzeugt, dass dies notwendig ist, aber die praktischen Folgen dieser Botschaft können für die betreffenden Personen sehr kompliziert sein. Außerdem, tue ich selbst denn immer das, was ich anderen so überzeugend weitergebe? Wenn es in meinem Leben Dinge gibt, die nicht in Ordnung sind, beunruhigen sie mich dann so, dass ich nachts nicht schlafen kann? Entscheide ich mich kompromisslos für den richtigen Weg, koste es, was es wolle?

Als ob sie meine Gedanken errät, nimmt die junge Frau den Faden wieder auf. »Sie haben in Ihrem Vortrag gesagt, dass es uns persönlich viel kosten kann, Gott gehorsam zu sein. Als ich letztes Mal mit meinem Mann über die Buchhaltung sprach und ihm sagte, dass ich nicht tun kann, was er von mir verlangt, hat er mit Scheidung gedroht. Wir haben es sowieso nicht leicht miteinander, aber das könnte der letzte Tropfen sein, der das Fass zum Überlaufen bringt. Ich habe drei kleine Kinder, für die ich sorgen muss ...«

Die Geschichte dieser jungen Frau beschäftigt mich ungeheuer. Ihre Not berührt mich sehr, aber sie hat mich auch persönlich angesprochen. Sie kämpft mit etwas, worüber sich viele Menschen, auch Christen, kaum noch den Kopf zerbrechen. Ein bisschen herumjonglieren mit Zahlen, wem tut das schon weh? Eine kleine Vergütung für etwas

einstecken oder eine Arbeit bar auf die Hand bezahlt bekommen, wo ist das Problem? Es wäre doch dumm, sich diesen zusätzlichen Gewinn entgehen zu lassen! Diese Frau kann und will so nicht handeln. Ihre Ehrlichkeit wird sie möglicherweise teuer zu stehen kommen.

In meinem letzten Vortrag auf dieser Konferenz geht es um Hagar, die alleinstehende Mutter, die nicht weiter wusste und konnte und von dem Engel des Herrn den Auftrag bekam, aufzustehen und zu tun, was nötig war. »Wenn Gott etwas von uns verlangt«, sage ich, »dann geht das immer Hand in Hand mit seinem Versprechen ›Ich will!‹ Glauben wir das, nicht nur für andere, sondern auch für uns selbst? Wagen wir es, im Gehorsam Schritte zu tun, die uns schwer fallen – im Vertrauen darauf, dass er mit uns geht?« Ich lasse die Frage offen. Jeder muss darauf für sich selbst eine Antwort finden, von Situation zu Situation immer wieder aufs Neue. Auch ich.

Ich spreche mit der jungen Frau nicht mehr persönlich, aber als wir uns am Ende der Konferenz voneinander verabschieden, spüre ich ihr eine mutige Entschlossenheit ab, die mich tief berührt. Ich hoffe, dass sie und ihr Mann beieinander bleiben. Oder wieder zueinander finden. Ich hoffe auch, dass es in ihrem Umfeld Menschen gibt, die ihr (ihnen) helfen, einen guten Weg zu gehen. Denn so steht es in der Bibel:

Wir wollen aufeinander Acht geben und uns gegenseitig zur Liebe und zu guten Taten anspornen.

Hebräer 10,24; Gute Nachricht

Der alte Mann

Eines Abends stellte ich den Fernseher an und landete bei einem Programm, das mich sofort fesselte. Die Hauptperson war ein älterer Herr, der in einem Pflegeheim lebte und dort Besuch bekam. Er litt offenbar an der Parkinson-Krankheit; sein Körper, sein Kopf und seine Hände zitterten unablässig. Auffälliger war jedoch sein zuvorkommendes Wesen. Er hatte sich sorgfältig gekleidet und begegnete seinen Gästen freundlich und korrekt. Ein liebenswerter Mensch, der einen tiefen Eindruck auf mich machte.

Es kamen drei Leute zu Besuch. Schon bald war klar, dass es sich um eine formelle Sache handelte. Der alte Herr bekam einen Betreuer zugewiesen, der sich um seine Finanzen kümmern sollte. Dann erst stellte sich heraus, dass er blind war. Aus diesem und eventuell auch anderen Gründen musste er die Verwaltung seiner finanziellen Angelegenheiten aus der Hand geben. Der Betreuer, der diese Aufgabe übernehmen sollte, war gekommen, um sich vorzustellen. Seine Arbeit würde erforderlichenfalls gerichtlich überwacht werden. Der alte Herr wurde gefragt, ob er das alles gut verstand und ob er damit einverstanden war. Das war der Fall.

Der Betreuer war in Begleitung einer Frau gekommen, die für den alten Herrn verschiedene Dinge in Gang gesetzt hatte, vielleicht war sie eine Sozialarbeiterin. Die dritte Anwesende, die ein wenig jünger war als die anderen, kann eine Mitarbeiterin des Pflegeheims oder eine offizielle Gesprächszeugin gewesen sein. Das wurde nicht erwähnt, ich

weiß es nicht. Es war jedenfalls offensichtlich, dass sie sich in der Situation etwas unwohl fühlte. Und so kam es, dass sie plötzlich während dieses formellen Gespräches eine persönliche Frage stellte, die ihre Sorge um den alten Herrn zum Ausdruck brachte: Ob es ihm unangenehm war, dass er so vieles aus der Hand geben musste, so von anderen abhängig war?

Plötzlich war es still. Alle sahen ihn an. Er dachte einen Moment nach. »Unangenehm?«, sagte er. Es war, als würde er dem Klang dieses Wortes auf der Zunge nachspüren. »Unangenehm? Nein ..., nicht unangenehm ...« Er suchte nach der richtigen Formulierung. Dann sagte er: »Nein, es ist mir nicht unangenehm – es ist einfach schrecklich.«

Eigentlich war mit diesen paar Worten alles gesagt: »Es ist einfach schrecklich ...« Ja, es ist schrecklich, wenn man seine Selbständigkeit aufgeben muss, wenn man nicht mehr selbst über sein Leben bestimmen darf, weil das nicht mehr geht.

Die Kamera schwenkte von dem Raum, in dem die Gesellschaft miteinander um den Tisch gesessen hatte, in ein Zimmer mit einem hohen Krankenhausbett und einem passenden Nachttisch. Da sah man den alten Herrn neben seinem ordentlich gemachten Bett stehen. Sowohl er als auch die Kamera schienen einen Moment zu zaudern. Es war ein ergreifender Augenblick, der das Beängstigende unterstrich, das Beängstigende daran, seine Selbständigkeit aufgeben zu müssen und von anderen abhängig zu werden.

Jesus hat einmal zu Petrus gesagt: »Als du jünger warst, gürtetest du dich selbst und gingst, wo du hinwolltest; wenn du aber alt wirst, wirst du deine Hände ausstrecken

und ein anderer wird dich gürten und führen, wo du nicht hinwillst.« Der Apostel würde später seine persönliche Freiheit verlieren, er würde gefangen genommen, abgeführt und dann getötet werden.

Manchmal kommt der Moment, dass ein Mensch nicht mehr imstande ist, »sich selbst zu gürten« (oder für sich selbst zu sorgen), weil er nicht über die Kraft oder die technischen Mittel verfügt, die dazu erforderlich sind. Manchmal landet er dann an einem Ort, den er sich nicht selbst ausgesucht hat – in einem Krankenhaus, einem Pflegeheim, einem Rollstuhl. Dann ist er anderen »ausgeliefert«, dann sind es andere, die für ihn (und oft über ihn) entscheiden. Andere, die ihn »gürten«.

Der alte Herr ließ sich in seiner neuen und unerwünschten Situation nicht niederdrücken. Er war auch nicht ausgeliefert: Er hatte sich mit seinem Zustand abgefunden und seine Würde bewahrt. Er hatte sich in seiner schwierigen Situation umgürtet mit der Bereitschaft, das Unvermeidliche (und Schreckliche) zu akzeptieren, und den Mut behalten, weiterzumachen. Das macht seine Lage erträglich und ihn selbst zu einem feinen, beeindruckenden Menschen.

Er (Gott) ist ein Schild allen, die ihm vertrauen. Gott rüstet mich mit Kraft und macht meine Wege ohne Tadel.

Psalm 18,31.33

Schätze auf Erden

Nach einer anstrengenden Saison hatte ich mich auf einen ruhigen Sommer gefreut, der ... nicht kam. Stattdessen wurde es eine sehr turbulente Zeit. Ein unerwarteter Todesfall zwang mich dazu, aus dem Ausland zurückzukommen. Als ich wieder in Holland war, starben noch zwei Personen aus meinem Freundeskreis. Kurz darauf nahm ich mir eine Woche Zeit, um einer dementen alten Dame beizustehen, die nach einem kurzen Krankenhausaufenthalt endgültig in ein Pflegeheim aufgenommen worden war.

So stand ich im August in brütender Hitze vor der Aufgabe, in einem alten, heruntergekommenen Häuschen ein paar vertraute Dinge zusammenzusuchen, die ein nüchternes Zimmer in einem Pflegeheim ein bisschen gemütlicher und persönlicher machen konnten. Es ist schwierig, in solch einer Situation zu entscheiden, was wichtig ist und was so wichtig ist, dass es beinah unentbehrlich ist.

Das alte Häuschen war total vollgestopft, es platzte geradezu aus allen Nähten. Die alte Dame, die nicht verheiratet war und keine Kinder hatte, hatte jahrelang alles Mögliche gesammelt und überall aufbewahrt und versteckt – Kleidung und Stoffreste, Töpfe, Pfannen, zahllose Nippsachen und andere Sammelobjekte. Schränke und Schubladen, alles war vollgestopft mit Geschenkpapier, leeren Pralinenschachteln, Creme- und Marmeladendöschen, glattgestrichenen Tüten vom Bäcker und Metzger, alten Zugfahrkarten, Wand- und Terminkalendern, Kassenzetteln, Seifenstückchen und Likörfläschchen. Nicht nur die Schränke waren voll, auch auf den Gästebetten lagen Sachen und an den Wänden waren Kartons aufgestapelt. Jeder freie Quadratmeter war bedeckt.

Ich kämpfte mich während jener heißen Sommertage durch Stapel von Kleidung, Regale voller Flaschen und Dosen, Schachteln mit Fotos und Taschen mit Strick- und Nähmustern. Durch Stöße mit Urlaubs- und Weihnachtskarten. Ich stolperte über Körbe voller Anmachholz für den Holzofen in der Küche, Ballen voller Papierschnipsel, Müllsäcke voller Tannenzapfen. Ein Großteil der Dinge ist schließlich in die Mülltonne gewandert. Vieles war nutzlos; andere, an sich brauchbare Dinge, waren im Laufe der Jahre durch Feuchtigkeit oder Ungeziefer beschädigt worden. Niemand konnte damit noch etwas anfangen.

Zwischen all diesen Dingen fand ich einen Stapel Karten mit dem vorgedruckten Text »Die Gemeinde dankt Ihnen für Ihre Spende« und einer Unterschrift darunter. »Ja, der Pfarrer kam früher ziemlich regelmäßig vorbei«, wusste die Nachbarin zu erzählen. »Er bekam immer ein Schnäpschen und ein bisschen Geld. Aber als es bergab ging und Frau S. nicht mehr so klar im Kopf war, wurden seine Besuche seltener. In den letzten Jahren ist er eigentlich nie mehr da gewesen ...« Während sie erzählte, stellte sich heraus, dass der Pfarrer nicht der Einzige war, der nicht mehr gekommen war. Abgesehen von einer lieben, treuen Freundin waren während der letzten Jahre nur noch wenige Menschen da gewesen. Die alten Nachbarn waren gestorben oder umgezogen, die neuen Nachbarn hatten genug mit sich selbst zu tun. Mit ihrer Karriere, ihrem Haus und ihrem Garten und damit, sich ihrerseits Dinge anzuschaffen. So was ge-

hört nun mal dazu – eine elegante Sitzgruppe, Bettwäsche und Geschirr, verschiedene Einrichtungsgegenstände, um das Haus zu verschönern, und selbstverständlich das Allerneuste auf dem Gebiet der Elektronik. Nötige Dinge, unnötige Dinge, Dinge von finanziellem oder emotionalem Wert, Besitzgegenstände. Alles ... Schätze, die wir Menschen schließlich zurücklassen müssen. Wir sind mit leeren Händen in dieses Leben hineingekommen und wir können, wenn wir sterben, nichts mitnehmen.

Die alte Dame mit dem übervollen Haus hat letztlich noch einige Jahre sehr genügsam in einem Zimmer in einem kleinen Pflegeheim auf dem Land gelebt. Sie hatte ein paar vertraute Gegenstände um sich, nur ganz wenige – ihre Handtasche mit ihrem Portemonnaie, einen bequemen Stuhl mit ihren selbst gestickten Kissen, eine Decke auf dem Tisch und ihre vertraute Plätzchendose, ein Körbchen für Briefe und Karten, Bilder und Fotos an der Wand, ein Heft und einen Stift. Und ... sie war glücklich. Jahrelang hatte sie in einem Haus gelebt, das so vollgestopft war, dass sie selbst kaum noch hineinpasste. Jahrelang hatte sie ihre Sachen fortwährend hin- und hergeschoben und gestapelt und ... versteckt, aus Angst, bestohlen zu werden. Jahrelang war sie eine Sklavin ihres Besitzes gewesen. Während der letzten Jahre ihres Lebens war sie unbekümmert und aufrichtig glücklich. Wie zufrieden kann ein Mensch sein mit Wenigem!

Ihr sollt euch nicht Schätze sammeln auf Erden ...

Matthäus 6,19

Der Tag des Herrn

Paz de Deus.« »Der Friede Gottes.« Mit diesen Worten und einer warmen Umarmung begrüßten mich portugiesische Christen an meinem ersten Sonntag in einer Kirche in Coimbra. Es war gegen zehn, und es war bereits eine beachtliche Anzahl Gemeindemitglieder anwesend. Schon seit neun Uhr, als ich noch gemütlich bei meinen Gastgebern saß und mir mein Toastbrot schmecken ließ, hatten sie dort vor ihrem Stuhl gekniet und gebetet.

Wir erlebten einen beeindruckenden Gottesdienst, lebendig und ... lang. Als der Pastor um halb eins mit dem Segen schloss, freute ich mich auf das Mittagessen. Aber das gab es, wie sich herausstellte, an jenem Sonntag nicht. Es war Abendmahlsfeier, was bedeutete, dass man fastete, seinen Zehnten in bar bezahlte und zum Abendmahl ging. Anschließend, um drei Uhr, begann der Nachmittagsgottesdienst. Als dieser zu Ende war, bekamen die Jugendlichen Gelegenheit, nach vorn zu kommen und für sich beten zu lassen – dafür, dass sie in der Schule und am Arbeitsplatz ein Zeugnis für Jesus sein würden. Es kamen etwa dreißig, dem Äußeren nach typische junge Leute unserer Zeit, aber in anderer Hinsicht wieder »ganz anders«. Wie sich herausstellte, setzte sich ein großer Teil von ihnen nach der Schule oder Arbeit aktiv für Drogensüchtige und Obdachlose ein. Die jüngeren unter ihnen blieben auch, als der Nachmittagsgottesdienst um halb sechs zu Ende war, noch in der Kirche – es war Zeit zum Konfirmandenunterricht ... Soweit Sonntag Nummer eins.

Den zweiten Sonntag verbrachte ich in Lissabon. Diesmal gab es nach dem Gottesdienst ein Mittagessen und danach eine Autofahrt mit dem Pastor und seiner Frau. Das war keine Sightseeing-Tour, sondern eine »Gebetsfahrt«: Jeden Sonntag fährt dieser Pastor zwischen dem Morgen- und dem Mittagsgottesdienst durch die Elends- und die Neubauviertel in der Umgebung seiner Gemeinde und betet mit seiner Frau für die Bewohner und dafür, dass das Reich Gottes dort wächst und Gestalt gewinnt. Das war eine ganz besondere Autofahrt, mit einem laut betenden Ehepaar auf den Vordersitzen. Beeindruckend und authentisch. Ebenso wie die Tatsache, dass ein großer Teil der Einnahmen dieser Gemeinde dafür ausgegeben wird, Unterkünfte für Einwanderer aus Angola und Mosambik anzumieten und Menschen in Not anderweitig praktische Hilfe zukommen zu lassen.

Ich habe zehn Tage lang in Portugal an Konferenzen und Gottesdiensten teilgenommen, und ich habe während dieser Zeit einiges gelernt. Ich musste an ein Gespräch denken, das ich kurz zuvor mit einem Mitglied meiner eigenen Gemeinde geführt hatte. Wir waren beide der Meinung, dass der Gottesdienst am Sonntag oft ziemlich lang war, und fanden, dass der Sonntag doch auch für uns ein Tag der Erholung sein sollte. In jenen portugiesischen Gemeinden war der Sonntag ein Tag, der ganz dem Herrn gehörte und ... der Rest der Woche auch. Die Christen dort waren wirklich berührt von der geistlichen und praktischen Not der Menschen in ihrer Stadt und krempelten die Ärmel hoch, um ihnen zu helfen.

Ich sage nicht, dass wir alle so empfinden und handeln

müssen wie jene portugiesischen Christen, aber was ich dort erlebt habe, hat mich nachdenklich gemacht. Ich selbst habe mich am vergangenen Sonntagnachmittag gemütlich auf dem Sofa ausgestreckt und gelesen. Auch das ist in Ordnung. Solange wir uns nicht in den Schlaf wiegen lassen durch den Zeitgeist, der uns einflüstert, dass wir ein Recht haben auf so und so viele Dinge und dass »die Kirche« und das Werk Gottes uns nicht zu viel Zeit und Kraft kosten dürfen. Solange unser Interesse nicht vor allem uns selbst gilt und wir uns hauptsächlich für unser eigenes Wohlbefinden einsetzen.

Ich wünsche Ihnen den »Paz de Deus«.

Sie blieben aber beständig in der Lehre der Apostel und in der Gemeinschaft und im Brotbrechen und im Gebet ... und fanden Wohlwollen beim ganzen Volk.

Apostelgeschichte 2,42.47

Herr, was soll ich tun?

Ich sprach einmal auf einer Konferenz vor zwanzig jungen Christinnen, die aus beinah ebenso vielen verschiedenen Ländern stammten. Jeden Abend erzählten einige von ihnen etwas über ihr Land und über die Träume, die sie für dieses Land hatten; danach beteten wir dann in kleinen Gruppen.

Als Else (31) aus Tansania an der Reihe war, erzählte sie uns einiges über die traditionelle Frauenbeschneidung in ihrem Land. Dieser Eingriff verursacht unaussprechlich viel Leid und nicht selten ist er der Auslöser für Aids, da er oft mit schmutzigen Messern oder Fingernägeln durchgeführt wird.

Ich sehe Else noch vor mir, eine schöne junge Frau, gekleidet in der traditionellen Tracht ihres Stammes. Als sie uns ihr Anliegen vorgetragen hatte, blickte sie sich im Kreis um, schlug die Hände vors Gesicht und begann lautlos zu weinen. Wir, eine Gruppe von Christinnen aus der ganzen Welt, weinten mit ihr über das Leid der Frauen in ihrem Land. Aber vielleicht weinten wir auch um Else selbst, weil sie sich – jung und verletzlich, wie sie ist – durch Gott gerufen fühlt, ein Werkzeug der Veränderung zu sein. Der Herr hat ihr diese Sache aufs Herz gelegt: Sie wurde von der Kirche ausgesandt, um an Aufklärungsprojekten in den ländlichen Gegenden mitzuarbeiten. Vor allem aber wird sie Gottes Gesandte sein in einer Mission, die darauf abzielt, Frauen eine menschenwürdige Existenz zu ermöglichen.

An demselben Abend erzählte auch eine junge Inderin über ihr Heimatland. Mary, die ein Universitätsstudium der Fachrichtung Management abgeschlossen hat, arbeitete bei einem multinationalen Konzern. Sie hatte eine glänzende Karriere mit einer Spitzenstellung in Aussicht, aber auch diese junge Frau ist dazu berufen, etwas ganz anderes zu tun. Ich zitiere: »Gott hat mir die Augen für die zahllosen Opfer der Ungerechtigkeit in Bombay geöffnet – vor allem für die Opfer der Kinderprostitution. Das ist mir zu einer persönlichen Not geworden, und ich habe noch nie in einer Sache so leidenschaftlich empfunden.«

Ich weiß einiges (weniges) über Frauenbeschneidung und Kinderprostitution und diese Dinge machen mich betroffen. Aber sie berühren mich nicht so, wie sie Else und Mary berühren. Diese jungen Frauen erinnern mich an Nehemia, der zur Zeit der jüdischen Verbannung Mundschenk des Königs von Persien war. Er erkundigte sich nach seinen Volksgenossen und hörte, dass sie in großer Not waren und dass die Mauern von Jerusalem in Trümmern lagen. Diese Nachricht traf ihn tief, er trauerte und weinte, nicht ein paar Stunden, sondern tagelang. Das Problem war nicht länger etwas, das sich in weiter Ferne abspielte, nein, der »Fall Jerusalem« hatte ihn ins Herz getroffen und er wurde ihn nicht mehr los. Nehemia zerbrach buchstäblich daran. Er fastete und betete und bat Gott, ihn doch als Werkzeug zu gebrauchen, um Jerusalem wieder aufzurichten. Und dann wartete er ab. Einige Monate später tauschte dieser Mann seine angenehme Stellung am Hof gegen eine schwere Aufgabe ein: den Wiederaufbau der Mauern Jerusalems.

Nehemia war schon zwanzig Jahre lang königlicher Beamter, er hatte seine Schäfchen im Trockenen. Und doch ging er nach Jerusalem. Warum? Einfach, weil Gott ihn dort gebrauchen wollte. Woher er das wusste? Er hatte den Mut, große Probleme nicht auf sich beruhen zu lassen, sondern für sie zu beten und zu fasten und Gott zu fragen: »Herr, was soll ich tun?« Dasselbe taten Else und Mary. Sie sind inzwischen an ihrem Bestimmungsort angekommen. Mary hat außerdem ein Jurastudium aufgenommen – sie will besser darauf vorbereitet sein, für die Rettung der Kinder zu kämpfen, die in der Prostitution gelandet sind.

Die Haltung von Else und Mary, zwei jungen Frauen von heute, fordert dazu heraus, uns nicht mit dem Bösen und der Not, die uns umgibt, abzufinden. Sie fordert auch mich dazu heraus, regelmäßig zu fragen: »Herr, was soll ich tun?«

Als ich aber diese Worte hörte, setzte ich mich nieder und weinte und trug Leid tagelang und fastete und betete vor dem Gott des Himmels.

Nehemia 1,4

Gott sei mit dir!

Vor einigen Jahren begegnete eine allein stehende Freundin von mir dem Mann ihres Lebens. Meine Freundin war Mitte vierzig und Stephen, ein Kanadier, Anfang fünfzig. Er hatte vier Kinder, von denen nur das jüngste (17-jährige) noch zu Hause wohnte. Er hatte seine Frau durch Krebs verloren und machte, da er von Freunden eingeladen worden war, einen kurzen Urlaub in Europa. Als er Joan bei jenen Freunden traf, war es beiden beinah im selben Augenblick klar, dass sie füreinander bestimmt waren. Zwei Monate nachdem sie sich kennen gelernt hatten, feierten sie Verlobung.

Joan war viele Jahre zuvor aus beruflichen Gründen von Kanada nach Europa gezogen. Sie hatte eigentlich nicht vorgehabt, wieder in ihr Heimatland zurückzukehren, aber im Blick auf die geplante Hochzeit fiel es ihr nicht schwer. Für diesen Mann, den Gott ihr über den Weg geschickt hatte, wäre sie zu Fuß nach Timbuktu gelaufen.

Ein oder zwei Monate nach ihrer Verlobung erhielt Stephen eine schreckliche Nachricht. Er hatte schon seit einiger Zeit Probleme mit seinen Muskeln, und die Untersuchungen hatten ergeben, dass er unter einer unheilbaren, äußerst aggressiven Muskelkrankheit litt. Angesichts dieser schlechten Zukunftsperspektive war er der Ansicht, dass er Joan freigeben musste. Sie jedoch zog dies keine Sekunde in Betracht, sondern schlug stattdessen vor, das Hochzeitsdatum vorzuverlegen, damit sie, solange es Stephen noch einigermaßen gut ging, möglichst viel Zeit miteinander verbringen konnten. Und so geschah es dann auch.

Sie führten eine phantastische Ehe und gingen so vertraut miteinander um, dass es schien, als wären sie schon jahrelang zusammen. Als ich einmal bei ihnen zu Besuch war und Stephens jüngsten Sohn fragte, ob seine Stiefmutter »okay« sei, antwortete er mit einem breiten Grinsen: »Okay ist gar kein Ausdruck. Sie ist total spitze.« Nach der Schule kam er an den großen Küchentisch, um sich mit Joan über die Tagesgeschehnisse auszutauschen, und nicht selten platzte er abends noch zu seinem Vater und Joan ins Schlafzimmer, als ob es das Normalste von der Welt wäre, dass er sich zu ihnen auf das große Bett setzte und ihnen mitteilte, was es Neues gab.

Sie waren noch keine fünf Jahre verheiratet, da bekam ich per E-Mail die Nachricht, dass Stephen gestorben war. Als ich Joan anrief, haben wir nicht viel gesagt. Anfänglich fand sie keine Worte, aber dann erzählte sie, wie schwer die letzten Monate gewesen waren. Stephen hätte eigentlich ins Krankenhaus kommen müssen, aber sie hat sich bis zum Schluss selbst um ihn gekümmert.

Warum durfte Joan nur drei Jahre ihrer Ehe genießen? Es scheint bitter, wenn nicht grausam, sie hatte schließlich jahrelang darauf gewartet! Während ich über diese Dinge nachdachte, fiel mir der Ausspruch einer Witwe ein, die ebenfalls nur kurz verheiratet gewesen war. Sie sagte: »Ich bin unendlich dankbar für diese paar Jahre, die wir miteinander verbringen durften. Die Tatsache, dass jemand mich lieb gehabt hat, hat einen Grund in meinem Herzen gelegt, durch den ich nun anders im Leben stehe. Ich begreife nicht, warum wir nur so wenig Zeit miteinander verbringen durften, aber ich wollte diese Zeit um nichts in der Welt

missen.« Wie wunderbar ist das, wenn man bei einem schweren Verlust noch ein Auge für das hat, was einem geschenkt wurde.

Auch Joan ist eine Frau, die geliebt hat und geliebt wurde. Auch sie und ihr Mann hatten nur eine kurze Zeit miteinander. Wie gut ist es, zu wissen, dass es in dieser vergänglichen und zerbrechlichen Welt eine feste Basis gibt, die uns trägt – den festen Grund von Gottes ewigen Armen unter uns, den festen Grund seiner unveränderlichen Liebe und Treue, den festen Grund seines Trostes. Diese Dinge sind unvergänglich.

Das Kostbarste an meinem Telefongespräch mit Joan waren die Momente, in denen wir schwiegen. Ich meine das nicht in finanzieller Hinsicht, auch wenn eine Telefongesellschaft an Minuten »interkontinentaler Stille« recht ordentlich verdienen kann. Sie waren kostbar, weil zwar Schmerz da war, aber keine Verzweiflung. Eine tiefe Erschütterung, aber gleichzeitig eine tröstliche Geborgenheit, weil es jemanden gibt, der dabei war und ist. Was würde aus uns werden ohne unseren ewigen Gott? Und so beendeten wir auch unser Telefongespräch mit dem Besten, was man einander wünschen kann: Mein »Gott sei mit dir, Joan« wurde ein paar Tausend Meilen entfernt beantwortet mit einem »Und auch mit dir, Noor«.

O welch eine Tiefe des Reichtums, beides, der Weisheit und der Erkenntnis Gottes! Wie unbegreiflich sind seine Gerichte und unerforschlich seine Wege!

Römer 11,33

Das chinesische Interview

Während der Zeit, als ich beim Niederländischen Rundfunk- und Fernsehsender EO tätig war, wurde ich von einer Missionsgesellschaft gebeten, an einem Film mitzuwirken, in dem um finanzielle Unterstützung für ein Projekt in China geworben wurde. Meine Kollegin Bertie hatte versprochen, die Produktion zu übernehmen, und ein befreundeter Kameramann sollte »drehen«. Ich selbst sollte eine Chinesin interviewen, die an dem Projekt mitarbeitete und sich gerade in Holland auf der Durchreise befand.

Ich sagte zu, obwohl es sehr kurzfristig war. Das einzige Problem war, dass die betreffende Dame nur chinesisch sprach, eine faszinierende Sprache, die ich leider nicht beherrsche. Darum sollte ich meine Fragen einem Dolmetscher vorlegen, der diese vor dem Interview mit unserem Gast durchsprechen würde. Während der Aufnahmen sollte sie mithilfe eines Stichwortzettels wissen, welche Frage an der Reihe war. Ich würde englisch sprechen, sie chinesisch. Später sollte dann alles mit Untertiteln versehen werden; so wäre für die Zuschauer alles in bester Ordnung.

Wir begegneten einander am Aufnahmetag. Eine nette Frau mit einem freundlichen Lächeln. Nachdem wir mithilfe des Dolmetschers ein paar Worte miteinander gewechselt hatten, saßen wir schwesterlich nebeneinander beim Schminken und setzten uns daraufhin an den Tisch, um mit dem zu beginnen, was ohne Zweifel das schönste Interview war, das ich je geführt habe.

»Frau ...«, begann ich, »ich freue mich sehr, Sie hier in

Holland zu treffen und etwas über Ihr Bibelprojekt in China zu hören ...« Mein Gast nickte freundlich. »Wong«, sagte sie. »Pjek, pjuk, wangelang, tjing tjan, tschi tschi tscha tscha tscha ...« Ich beugte mich interessiert vor. »Das ist ja eine ganz besondere Initiative. Wie kam es eigentlich dazu?« Mein Gast nickte wieder. »Wukerdiwuk«, sagte sie. »Ho ho, hi hi tu te li tu ...« Sie war jetzt richtig in Fahrt, die Worte sprudelten nur so aus ihr heraus. Während die fremden Laute um mich herumschwirrten, warf ich einen Blick auf die nächste Frage auf meinem Spickzettel. Ob sie wusste, wo wir gerade waren? Oder waren ihr vor lauter Begeisterung die Pferde durchgegangen?

»Was für ein gesegneter Dienst«, begann ich vorsichtig. »Und das in China! Wie ...?« Ich bekam keine Chance, weiterzusprechen. »Tungung Cha-ang«, sagte mein Gast und lächelte. Das brachte mich ein bisschen aus dem Konzept, denn dies war eine Frage über Verfolgung und Schwierigkeiten gewesen. Ihr Lächeln schien nicht dazu zu passen, ich wusste nicht, was ich daraus schließen sollte. Ich sah sie hilflos an. »Tja«, sagte sie. »Tja tschai tsjong, wie wie, chop suey, tschick tschack ping pong ...« Ich seufzte mitfühlend, und vor lauter Anspannung sagte ich meine ersten chinesischen Worte. »Sapper-lotos«, flüsterte ich. »Was für ein Wunder! Was ...« Ich blinzelte so unauffällig wie möglich zu Bertie hinüber, die in einer Ecke saß und sich die Tränen von den Wangen wischte. Zweifellos rührten diese Tränen daher, dass sie so lachen musste; auf seine Kollegen kann man nicht immer zählen. Als Nächstes suchte ich ziemlich verzweifelt den Blick des Dolmetschers. Als ich den für einen Moment auffing, bekam

ich ein freundliches Kopfnicken. Eine nette Geste, aber ich hatte keine Ahnung, was sie bedeutete.

Der Redestrom auf der anderen Seite des Tisches ging, wie es schien, seinem Ende entgegen. Seinem Ende? Hatte mein Gast seinen Bericht schon abgeschlossen? Was wurde dann aus meiner letzten Frage? Ich beschloss sie doch noch zu stellen. »Wenn Sie nun nach China zurückkehren«, sagte ich und versuchte mir unauffällig die Schweißtropfen von der Stirn zu wischen, »welche Schritte werden Sie dann als Erstes unternehmen?« Mein Gast sah mich bestürzt an, das erste erkennbare Gefühl, das ihre sonst so gelassene Miene zum Ausdruck brachte. Es war offensichtlich, dass sie keine Frage mehr erwartet hatte. Ich hatte jedoch nicht vor, mich so schnell abspeisen zu lassen. Auch wenn wir vielleicht nicht im Gleichschritt marschiert waren, wollte ich das Interview doch ordnungsgemäß zu Ende bringen. Während ich meinen Blick unnachgiebig auf sie gerichtet hielt, dachte sie fieberhaft nach. »Wuk wuk chong«, sagte sie. »Nee nee du, grü beli dung dang, junge junge chung wai mai ...«

Das Interview war vorbei. Ich streckte meinen Rücken, um mich enthusiastisch zu verabschieden. »Frau ...«, sagte ich, »es war wunderbar, Sie kennen zu lernen. Ich hoffe, dass Ihr Projekt von unserem Film profitiert.« In dem Moment kam mir ein Einfall. »Ich hoffe«, rief ich, »dass wir viel Pinke-Pinke für Sie zusammenbringen. Ja, das hoffe ich, viel Pink-Ponkelipong für Ihr Projekt in China!«

Wir nickten einander höflich zu und neigten die Köpfe. Als die Kamera und der Ton ausgeschaltet waren, nahm ich ihre Hand und sagte: »Halleluja!« Da ging plötzlich das

Licht an. Wir begriffen einander, trotz der babylonischen Sprachverwirrung. Wir wussten uns verbunden durch den Glauben an denselben Herrn. Schade, dass wir keine Zeit mehr hatten, noch ein bisschen weiterzureden.

... damit sie alle eins seien.

Johannes 17,21

Besondere Menschen (1)

In dem Sommer, in dem ich zum Glauben fand, lernte ich David kennen. David und seine Frau Jesse waren kurz nach ihrer Hochzeit in die Mission gegangen, zuerst nach China, wo Jesse geboren und aufgewachsen war (als Tochter britischer Missionare), später nach Indonesien. Nun, Ende der sechziger Jahre, waren sie schon wieder ein paar Jahre in ihrem Heimatland. Von ihrem Wohnort in Wales aus reiste David regelmäßig in den Nahen Osten, wo er im Rahmen der Studentenmission tätig war.

David war ein vielseitiger und sehr begabter Mann. Er hatte das Talent, das Wort Gottes so spannend zu verkünden, dass man wie gebannt die Ohren spitzte. So war es auch, als ich ihn kennen lernte. Er war fortwährend in Bewegung und schlenkerte seine langen Arme herum, während er seine Zuhörer mitnahm an biblische Orte wie Athen, wo Paulus auf dem Areopag predigte. Wir nahmen teil an dem, was dort geschehen war, und beinah unvermeidlich wurden wir immer ergriffener und begeisterter vom Evangelium und von Jesus Christus. Auch ich erlebte das in jenem Sommer, in dem ich mehr oder weniger ungewollt an einer christlichen Studentenkonferenz teilnahm.

Ich hatte so meine Bedenken hinsichtlich des christlichen Glaubens. Er war, so dachte ich, einfach nicht logisch. Ein Pfarrer hatte mir einmal erzählt, dass er nicht mehr sei als eine schöne Tradition. Das war hängen geblieben. Gleichzeitig bohrte es in mir. Ich hatte den Glauben abgeschrieben, aber er ließ mich nicht los. Als ich dort in

Österreich Altersgenossen und Mitstudenten aus den verschiedensten Ländern begegnete, die überzeugt waren von der Wahrheit des Evangeliums, merkte ich, dass die Tür, die ich glaubte zugeschlagen zu haben, doch wieder einen Spalt aufging. Sie öffnete sich noch weiter, als dieser seltsame, enthusiastische Brite auf dem Podium mit seiner Bibel herumfuchtelte und nicht aufhören konnte, von Jesus zu sprechen. Er war wohlgemerkt Historiker und hatte in Oxford studiert, also bestimmt nicht dumm und doch überzeugt vom Evangelium. Das gab mir sehr zu denken.

An einer anderen Stelle in diesem Buch erzähle ich, dass ich während jener Studentenkonferenz zum Glauben gekommen bin. David hatte daran einen wesentlichen Anteil, und er hat auch in den Jahren danach eine wichtige Rolle in meinem Leben gespielt. Er hatte eine Familie mit vier Söhnen und einen anstrengenden Beruf, der es erforderte, dass er viel unterwegs war. Dennoch fand er Zeit für das neunzehnjährige Mädchen, das in jenem Sommer zum Glauben fand. Es gab Begegnungen und Besuche in dem wunderbaren Haus seiner Familie in Wales, es gab gute Ratschläge und herzliche Ermutigung in Gesprächen und in den vielen Briefen, die ich über die Jahre hinweg von ihm empfangen habe.

Es ist gut dreißig Jahre her, dass ich David begegnet bin, und wenn ich zurückblicke, sehe ich, dass er für mich wie ein Vater gewesen ist. Ich frage mich, ob er damals begriffen hat, wie wertvoll seine Aufmerksamkeit für mich war, wie kostbar die Zeit, die er mir widmete. Ich weiß nicht, ob ihm damals klar gewesen ist, wie wichtig er für mein persönliches und geistliches Wachstum war. Es ist für einen

Menschen von unschätzbarem Wert, zu wissen und zu spüren, dass er gesehen wird. Und es ist etwas ganz Besonderes für einen jungen Menschen, ein Vorbild zu haben, einen »Helden« im positiven Sinne des Wortes. Wir sollten mehr von diesen Menschen haben im Reich Gottes.

Vor ungefähr einem Jahr habe ich David angerufen, um ihm für seine Treue zu danken. Er war erstaunt und gerührt. Er ging auf die neunzig und war körperlich gebrechlich, aber geistig noch vollkommen fit. In jenem Jahr, das sein letztes Lebensjahr werden sollte, sind noch zwei Bücher von ihm erschienen.

Mir bleibt David als aufrechter Mann Gottes und treuer Mentor und Freund in Erinnerung. In einer Mappe habe ich einige seiner Briefe aufbewahrt, mit der charakteristischen steilen Schrift in dunkelblauer Tinte auf dem hellblauen Briefpapier. Es sind Schätze, diese Briefe – dagegen kommt kein Computer an.

Denn wenn ihr auch zehntausend Erzieher hättet in Christus, so habt ihr doch nicht viele Väter ...

1. Korinther 4,15

Streit im Auto

Eines Tages war ich um die Mittagszeit mit dem Auto auf dem Weg nach Hause. Während ich mich einer Ampel näherte, sprang sie auf Gelb. Ich bremste ab und schaute automatisch in den Rückspiegel, um sicherzugehen, dass der Fahrer hinter mir gesehen hatte, dass ich nicht noch mal extra aufs Gaspedal getreten hatte, um gerade noch bei Gelb über die Kreuzung zu sausen. Zu meinem Schrecken sah ich einen rot angelaufenen, wild herumfuchtelnden Mann hinter dem Steuer sitzen. Zuerst dachte ich, dass seine Wut mir galt, weil ich abgebremst hatte, statt Gas zu geben – also verriegelte ich vorsorglich die Autotüren. Dann sah ich noch einmal in den Spiegel.

Der Mann tobte und zeterte immer noch. Er ballte die Fäuste und schlug unbeherrscht auf das Armaturenbrett. Seinem Blick und seinen Mundbewegungen nach zu urteilen, waren die Ausdrücke, die er von sich gab, nicht gerade vornehm. Sein Ausbruch galt, wie ich inzwischen begriffen hatte, seiner Frau, die still neben ihm saß und ihn toben ließ. Wahrscheinlich hatte sie durch frühere Erfahrungen gelernt, dass es in solch einem Moment das Beste war, einfach den Mund zu halten.

Da fuhr der Wagen hinter mir plötzlich mit quietschenden Reifen an und scherte hinüber in die Rechtsabbiegerspur. Dort überfuhr der Mann die rote Ampel, bog jedoch nicht ab. Stattdessen machte er eine Vollbremsung, riss die Autotür auf, stürmte nach draußen und ... rannte mit Riesenschritten und immer noch wild gestikulierend über den

Radweg davon. Mein Nachbar auf der linken Fahrbahn und ich wechselten einen erschrockenen Blick und hielten den Atem an. Da stand der Wagen, quer auf der Straße, mit der Frau auf dem Beifahrersitz – der Mann war inzwischen um die Kurve verschwunden. Was würde nun geschehen?

Es dauerte nicht lange, da kam das so abrupt abgestellte Auto in Bewegung. Offenbar war die Frau auf den Fahrersitz hinübergekrochen und hatte den Motor angelassen. Und dann bog sie tatsächlich rechts ab. Als ich selbst weiterfahren musste, konnte ich mir nicht verkneifen, mich noch kurz umzuschauen, um zu sehen, wie es weiterging. Würde die Frau erhobenen Hauptes ihren Weg fortsetzen, oder würde sie es fertig bringen nachzusehen, wo ihr Mann geblieben war? Sie tat ... Letzteres. Ich sah, wie sie sich umschaute und dann an der Bushaltestelle um die Ecke anhielt, wo tatsächlich ihr zorniger Mann stand. Ich sah, wie sie sich über den Beifahrersitz beugte und ihm die Tür öffnete. Und wie er, ohne ein Wort zu sagen, einstieg, worauf sie ihren Weg fortsetzten.

Wenn ich heute über die Kreuzung fahre, wo dieser Vorfall stattfand, denke ich manchmal zurück an das Paar im Auto. Was der Anlass des Streites auch gewesen sein mag, es ist einfach traurig, dass ein erwachsener Mensch – denn dieser Mann war gut und gerne Mitte fünfzig – so wütend wird, dass er am helllichten Tag und mitten auf der Straße aus dem Auto springt und wegläuft! Und es ist beeindruckend, wenn die Partnerin eines solchen Hitzkopfes dann die Charakterstärke besitzt, es ihm nicht mit gleicher Münze heimzuzahlen, sondern ihn einfach wieder hereinlässt und mitnimmt. Wenn sie nicht Böses mit Bösem vergilt, sondern

segnet, statt zu verfluchen. Ich ziehe meinen Hut vor dieser Frau. Und vor den vielen anderen, die Geduld und Liebe üben in Situationen, in denen es natürlicher wäre, mit Zorn und Hass zu reagieren.

> *Die Liebe ist langmütig und freundlich ...*
>
> 1. Korinther 13,4

Schuhcreme im Laderaum

Die offizielle Schließung der amerikanischen Abteilung des Militärstützpunktes Soesterberg führte damals dazu, dass der überschüssige Hausrat amerikanischer Soldaten, die mit ihren Familien nach Hause zurückkehrten, öffentlich verkauft wurde. Schon bald grassierten die tollsten Geschichten über enorme amerikanische Kühlschränke, riesige Möbel für Privatwohnung und Büro, Spielzeug, Sportgeräte und alle möglichen anderen Dinge – alles für ein Spottgeld zu haben.

Die Vorstellung, auf Schnäppchenjagd zu gehen, kann sehr habgierig machen. Es dauerte dann auch nicht lange, bis ich beschloss, zusammen mit einem Bekannten einen solchen Verkauf zu besuchen. Das Abenteuer erforderte natürlich einiges an Vorbereitung. So mussten wir, um Zugang zu dem immer noch bewachten Militärstützpunkt zu erhalten, einen gültigen Ausweis oder Führerschein bei uns haben. Das war kein Problem. Etwas schwieriger war die Frage, wie wir eventuelle größere Anschaffungen abtransportieren sollten. Gierig, wie wir waren, beschlossen wir, schweres Material einzusetzen: ein Auto mit einem geräumigen Laderaum und zusätzlich einen Anhänger. Eine absolute Notwendigkeit beispielsweise für den Transport jenes Mega-Kühlschranks, das werden Sie sicher verstehen.

Auf dem Flugplatz war schon eine enorme Schar von Interessenten versammelt. Unter der Oberfläche einer diszipliniert-entspannten Haltung brodelte eine kaum zu zügelnde Spannung. Hier waren die Schnäppchenjäger, be-

reit, den Coup ihres Lebens zu landen. Hier waren die Holländer, die es auf den amerikanischen Luxus abgesehen hatten, der hier für »'n Appel und 'n Ei« verschleudert wurde …

Je länger die Geduld der Wartenden auf die Probe gestellt wurde, desto gründlicher planten wir uns unsere Strategie. Wir machten quasi nonchalant ein paar Schritte nach links und dann wieder ein paar Schritte nach rechts und überlegten uns dabei, welches der großen Hangar-Tore wohl als Erstes aufgeschlossen werden würde. Die Amerikaner hatten, schlau wie sie waren, ein Zelt aufgeschlagen, wo man Hamburger und Hot Dogs kaufen konnte, reichlich mit Ketchup beschmiert. Wir waren nicht interessiert; sich ablenken zu lassen, könnte fatale Folgen haben. Während wir die Essensdünste rochen, blieb unser Blick fest auf die uniformierten Personen gerichtet, die sich jeden Moment zu dem Hangar begeben könnten. Und wir wurden belohnt! Als es endlich soweit war, gehörten wir zu den Ersten, die mit scheinbar gemäßigten, aber in Wirklichkeit doch eiligen Schritten die Halle betraten. Die Jagd war eröffnet.

Sie sind natürlich schrecklich gespannt, womit wir den großen Laderaum unseres Wagens und den Anhänger gefüllt haben. Ich geniere mich fast, es Ihnen zu sagen. Wir fanden an jenem Nachmittag nichts Hübsches, nichts Brauchbares, allen tollen Geschichten zum Trotz. Das Einzige, bei dem ich noch ernsthaft überlegt habe, war ein Stapel stabile, zusammenklappbare Krankenbahren, selbstverständlich in Olivgrün. Sie kosteten (damals noch) 25 Gulden pro Stück und schienen mir sehr praktisch als

Gästebetten, für den Fall, dass mich ein unerwarteter Strom von Übernachtungsgästen heimsuchen sollte. Ich sah aber doch davon ab und entschied mich nach langem Überlegen für einen Besen, der einen Gulden kostete. Solch ein super Schnäppchen war das, dass ich spontan zwei Stück erwarb. Mein Bekannter tat dasselbe, aber er entdeckte darüber hinaus noch ein glänzendes Angebot: fünf Dosen Schuhcreme für, wenn ich mich recht entsinne, insgesamt drei Gulden. Mal ehrlich – dafür würden Sie Ihren Pass doch nicht blos mitnehmen, sondern notfalls sogar abgeben, oder?

Wir fuhren zurück nach Hause, behutsam in den Kurven, damit unsere Besen für vier Gulden nicht aus dem Anhänger flogen. Die Schuhcreme-Dosen kamen in den Laderaum des Autos. Als ich zu Hause abgesetzt wurde, durfte ich eine mitnehmen, falls ich wollte. Aber die Farbe, die ich gebraucht hätte, war nicht dabei. Und unnötige Sachen kaufen ist dumm, oder nicht?

Fast jedes Mal, wenn ich die Blätter von meiner Terrasse oder Einfahrt fege, denke ich an die amerikanischen Soldaten von jenem Stützpunkt. Ihre Besen fegen wirklich sauber, sie wären gut und gerne 10 Gulden wert gewesen. Meine Schuhe putze ich immer noch mit Schuhcreme aus dem Dosenvorrat, den ich schon seit Jahren besitze. Und mein alter Kühlschrank hält länger, als ich dachte. Zugegeben, er ist kein Riese und er spuckt keine Eiswürfel aus der Tür. Aber er passt genau an die Stelle, die in der Küche noch frei war, und für meine Eiswürfel habe ich kleine Förmchen von Ikea. Die Krankenbahren für meine Übernachtungsgäste vermisse ich auch nicht. Es wäre auch irgendwie komisch,

so als ob man vorhätte, die Gäste in der Nacht wegzutragen. Kurz gesagt: Auch ohne diese amerikanischen Reichtümer bin ich ein zufriedener Mensch. Aber von dem öffentlichen Verkauf damals habe ich schon etwas gelernt: Die Habsucht kann uns aus heiterem Himmel überfallen.

Seht zu und hütet euch vor aller Habgier ...

Lukas 12,15

Roseboos und Ramsebams

Meine Nachbarn haben zwei Katzen, Ramsy und Roos, die manchmal auch liebevoll Ramsebams und Roseboos genannt werden. Es sind reinliche Tiere, sie verrichten ihre Notdurft nie im eigenen Hof, sondern immer auf dem Grundstück der Nachbarin. Die Buchsbaumsträucher im Garten hinter dem Haus sind ihr bevorzugtes Öko-Katzenklo. Wenn es Zeit ist für ihr Geschäft, stolzieren sie in den Garten, schieben ihr Hinterteil in die sorgfältig in Form geschnittenen Büsche und strecken ihren Schwanz wie einen Fahnenmast in die Höhe. Daraufhin wird das Grün reichlich bespritzt.

Manchmal schauen die Katzen während dieser Beschäftigung kurz zu meinem Haus herüber. Wenn sie mich sehen, nehme ich die Spur eines Lächelns wahr. Ich hebe eine Faust, klopfe an mein Fenster und manchmal ... lächle ich zurück. Nicht erfreut, sondern resigniert, denn ich habe inzwischen begriffen, dass mein Zorn ihr unpassendes Verhalten in keiner Weise beeinflusst.

Weil meine Buchsbaumsträucher allmählich braun werden, habe ich von meiner Nachbarin die Erlaubnis bekommen, mit einer Wasserpistole auf ihre Lieblinge zu schießen. Die Anschaffung derselben – ein riesiges Exemplar in grellem Rot, Orange und Lila – hat meine Popularität bei den Kindern in der Straße beträchtlich gesteigert. Nur die Katzen zeigen sich unbeeindruckt. Regelmäßig lassen sie sich vor meinen Sträuchern nieder und erledigen ihr Geschäft. Sobald ich sie sehe, suche ich meine Wasserpistole,

entriegele die Küchentür und sause nach draußen. Ramsebams und Roseboos beobachten dieses Ritual in aller Ruhe. Sie wissen, dass die grellen Farben meiner Pistole so desorientierend auf mich wirken, dass ich nicht imstande bin, den Wasserstrahl gezielt auf sie zu richten. Während ich verzweifelte Versuche unternehme, sie zu treffen, strecken sie sich träge und begeben sich entspannt in den hinteren Teil des Gartens. Bevor sie dort durch die Koniferenhecke verschwinden, blicken sie sich immer noch einmal um und blinzeln mir zu.

Es ist Herbst und die Blätter werden braun. Meine Buchsbaumsträucher sind es schon, ich kann nichts daran ändern. Ramsy und Roos haben lange, faule Sommertage auf meinem Gartentisch verbracht und sich gesonnt. Heftiges Winken, böse Blicke, nichts hilft. Ihr Verhalten wäre ein gefundenes Fressen für Psychologen. Offenbar haben sie durch die liebevolle Behandlung in ihrem Zuhause ein solches Maß an Urvertrauen entwickelt, dass sie sich durch nichts erschüttern lassen. Sie gehen fröhlich und unbefangen durchs Leben und setzen bei ihrer Nachbarin ausschließlich die besten Absichten voraus. Wenn diese sich seltsam benimmt, lächeln sie kurz oder blinzeln ihr zu. In der letzten Zeit blinzele ich zurück, aber nicht von Herzen, denn meine Buchsbaumsträucher sind nun fast völlig abgestorben.

Wenn ich Ramsy und Roos angucke, muss ich zugeben, dass ich manchmal ein bisschen eifersüchtig bin auf die Art, wie sie durchs Leben gehen. Ihre Arroganz finde ich störend, aber von ihrer Unbefangenheit und Würde kann ich etwas lernen. Ich weiß, der Vergleich ist absurd, und doch:

Habe ich nicht viel mehr Grund als diese seltsamen Katzen, entspannt und ruhig durchs Leben zu gehen? Unbefangen zu sein und mich nicht durch ablehnende Blicke oder abweisende Worte schrecken zu lassen? Die Tatsache, dass ich als Christin weiß, dass ich ein geliebtes Kind Gottes bin, müsste mir eigentlich ein Urvertrauen und einen inneren Frieden schenken, der durch nichts zu erschüttern ist. Anders ausgedrückt: Wenn wir Christen uns stärker dessen bewusst wären, wie sehr Gott uns liebt und was uns alles in Christus geschenkt ist, würden wir ganz anders durchs Leben gehen. Wir könnten viel freier und unbesorgter sein, als wir uns manchmal fühlen und verhalten. Wir würden uns nicht so oft auf den Schlips getreten fühlen und seltener aus der Fassung geraten. Vielleicht würden wir auch ein bisschen früher lächeln und auf eine unangenehme Situation einfach mal mit einem Augenzwinkern reagieren.

Ramsebams und Roseboos haben mittlerweile Gesellschaft bekommen, sie sind nun zu dritt. Sie haben ihre neue Mitbewohnerin schon ausführlich in meinem Garten herumgeführt. Ich habe ein paar neue Buchsbaumsträucher gepflanzt, das macht es ihnen ein bisschen einfacher. Und ehrlich gesagt, eigentlich ist dieser Kontakt doch auch recht nett. Denn zurzeit, Sie werden es nicht glauben, winken sie mir sogar manchmal zu. Aber Sie denken doch nicht etwa ...? Also, ich bitte Sie!

Fürchte dich nicht ...

Lukas 12,32

Radfahren im Elsass

Ich bin nicht besonders sportlich, auch wenn ich den Eindruck zu erwecken weiß, dies zu sein. Das gelingt mir zum Beispiel dadurch, dass ich ab und zu gemeinsam mit Menschen Sport treibe, die noch unsportlicher sind als ich. Unter Blinden ist der Einäugige nun mal König. Auch gab es seltene Momente, in denen ich eine ansehnliche sportliche Leistung erbracht habe, von der noch Jahre später erzählt wurde. Zu dieser Kategorie gehört meine Radtour im Elsass.

Als meine Nichte ihr Medizinstudium abgeschlossen hatte, bot ich ihr an, mit ihr einen »Aktivurlaub« zu verbringen – und zwar in Form einer Radtour im Ausland. Etwa zwölf Jahre zuvor hatte ich mit ihr und vier anderen Kindern meiner Brüder eine beeindruckende Radtour durch die Niederlande gemacht. Leider begann die Erinnerung an diese Heldentat etwas zu verblassen, darum wurde es Zeit für eine neue Leistung.

Ich leistete ein bisschen Vorarbeit und ließ meiner Nichte die Wahl zwischen zwei Radtouren von jeweils einer knappen Woche. Die eine führte von Linz nach Wien, eine nicht allzu anstrengende Tour an der Donau entlang. Ich war die Strecke oft gefahren (mit dem Auto) und glaubte mich zu erinnern, dass das eine ziemlich ebene Route ist, vielleicht sogar ein bisschen bergab Richtung Wien. Die zweite Radtour war eine ganz andere Sache. Fünf Tage durchs Elsass, mit Distanzen von 40 bis 70 Kilometern pro Tag. Und das wohlgemerkt in einer echten Hügellandschaft mit kräftigen Steigungen.

Als ich meiner Nichte die beiden Möglichkeiten unterbreitete, legte ich, raffiniert wie ich war, die Broschüre mit der Donauroute oben auf die Reiseprospekte. Aber sie schluckte den Köder leider nicht. Ein Blick auf die Beschreibung der österreichischen Radtour reichte ihr. »Das machen wir nicht, Tante Noor«, rief sie. »Findest du das nicht unglaublich langweilig, immer geradeaus am Fluss entlang?«

Mit schwacher Stimme gab ich ihr Recht. Ich glaube, ich habe noch gemurmelt, dass ich auf der Strecke Linz – Wien eine besondere Konditorei kenne, wo es herrlichen Weinkuchen gibt. Aber das hat leider auch nichts genützt.

Wir füllten kleine Reisetaschen mit so wenig Gepäck wie möglich. In Deutschland tauschten wir meinen komfortablen Citroën gegen zwei kleine Crossräder. Meine Knie ragten hoch über den Lenker hinaus und der Sattel war schrecklich unbequem. Aber wir hatten viele Gänge, eine Halterung für eine Wasserflasche, und meine Nichte hatte eine Tupperschüssel mit englischen Bonbons. Alles ganz echt.

Dass wir am ersten Tag gut 70 Kilometer fuhren, lag an der Streckenbeschreibung, die nicht besonders deutlich war. Aber das nahmen wir gelassen hin, das Elsass ist eine wunderschöne Landschaft. Am zweiten Tag jedoch begannen die ungeübten Muskeln zu protestieren. Die Tage danach waren ein einziger Leidensweg. Ich habe unterwegs viel gebetet, besonders, wenn wir auf eine Kreuzung zufuhren. Jedes Mal hoffte ich inständig, dass ich nie mehr abzusteigen brauchte. Es tat so furchtbar weh, sich vom Sattel zu lösen, ich wäre am liebsten den ganzen Tag sitzen geblieben. Und dann die Hügel! Kilometerlang ging es bergauf und fast nie bergab. Wenn es ganz steil wurde, stieg ich nach ungefähr vier Metern ab und rief meiner Nichte zu, dass es wirklich schade wäre, so voranzuhetzen, wo es doch so viel Schönes zu sehen gab. Sie blickte sich niemals um, sondern trat ungerührt in die Pedale. Erst wenn sie oben angekommen war, blieb sie stehen, und während ich angestrengt in die Ferne sah und tat, als ob ich die wunderbarsten Dinge erblickte, holte sie ihre Tupperdose heraus und schüttelte sie. »Komm schon, Tante Noor«, schallte ihre Stimme durch die stille französische Landschaft. »Lass dich nicht hängen, das kriegst du schon hin! Wenn du oben bist, bekommst du ein Bonbon!«

Die fünf Tage Elsass waren eine einzige Plackerei. Wir haben viel Schönes gesehen, herrlichen Wein getrunken und Elsässer Spezialitäten gegessen. Wir haben Bauernmärkte besucht und sind in mittelalterlichen Städten gewesen. Wir haben Storchennester gesehen, sind kilometerweit an Raps- und Sonnenblumenfeldern vorbeigefahren und haben in Weingärten gepicknickt. Aber es war ein Martyrium. Das einzige, was mich während dieser grausamen Tour auf dem Rad und auf den Beinen hielt, war die Aussicht auf eine beeindruckende Geschichte von einer tollen Radtour durch die »Elsässer Berge«. Eine gigantische sportliche Leistung, das müssen Sie zugeben.

Leider ist das nun auch schon wieder einige Jahre her. Meine Nichte arbeitet inzwischen als Kinderärztin. Meine Hoffnung ist, dass sie vielleicht einmal Lust auf einen Kurort hat, gemütlich plantschen in wohltuend warmem Wasser und leckeren Kaffee mit einem Stück Torte dazu. Dafür könnte ihre Tante sich problemlos begeistern. Aber wenn

sie wieder etwas Sportliches machen will, dann reiße ich mich zusammen und bin wieder dabei. Übrigens nicht so sehr wegen der coolen Geschichte, sondern wegen der schönen Erfahrung, gemeinsam zu genießen, gemeinsam zu schwitzen und gemeinsam ins Ziel zu gehen. Diese Erfahrrung lohnt alle Mühe.

So habe ich nun das gesehen, dass es gut und fein sei, wenn man isst und trinkt und guten Mutes ist bei allem Mühen, das einer sich macht unter der Sonne ...

Prediger 5,17

Immer dasselbe mit dir!

Es war nach einem Frauentag, ich habe es nie vergessen. Die meisten hatten das Gebäude schon verlassen; ich stand in der beinah leeren Eingangshalle. Ab und zu kam die eine oder andere Frau vorbei, die noch ein bisschen bei den Verkaufsständen hängen geblieben war oder ein seelsorgerliches Gespräch gehabt hatte.

Unter ihnen war auch eine etwas ältere Frau. Als sie mit ihrer großen, vollen Tasche an mir vorbeilief, fragte ich: »Und, hat es Ihnen gefallen?«

Sie nickte strahlend – es war ein herrlicher Tag gewesen, sie hatte die Zeit rundum genossen. Wir hatten kaum ausgeredet, da kam ein Mann mit rot angelaufenem Gesicht auf sie zugestürmt. »So«, fuhr er sie an, »du bist natürlich wieder die Letzte, es ist doch immer dasselbe mit dir!« Bevor sie einen Muckser tun konnte, drehte er sich um und stürmte mit großen Schritten zum Ausgang. Bestürzt humpelte sie mit ihren leicht geschwollenen Füßen hinter ihm her und schleppte sich dabei mit ihrer großen Tasche ab.

Ich blieb wie angewurzelt stehen. Was für ein unangenehmer, rüpelhafter Kerl! Hätte er nicht ganz normal fragen können: »Und, wie war's?« Das war wahrscheinlich die Frage, die sie ihr Leben lang ihm und den Kindern gestellt hatte ... Oder, wenn er ihr denn unbedingt mitteilen musste, dass er (zu) lange auf sie gewartet hatte, hätte er dann nicht etwas sagen können in der Art wie: »So, du hast es ja nicht sehr eilig, hier wegzukommen, bestimmt hat's dir gefallen?«

Das Sprichwort »Der Ton macht die Musik« bringt zum Ausdruck, dass die Art, wie man etwas sagt, sehr wichtig ist. Aber es ist nicht nur der Ton, es sind auch die Worte selbst. So oft (und so leicht) lassen wir unsere persönlichen Frustrationen an anderen Menschen aus, indem wir diese niedermachen. Wir gebrauchen dabei harte, verallgemeinernde Worte wie »natürlich«, »nie« oder »immer«. So etwas baut nicht auf, es zerstört.

Vielleicht hatte dieser Mann schon eine ganze Zeit lang auf seine Frau gewartet, vielleicht stand sein Wagen im Parkverbot und er war deswegen gestresst. Vielleicht hatte er zu Hause eine spannende Fernsehsendung angeschaut und mittendrin ausschalten müssen, um seine Frau abzuholen. Vielleicht hatte er einen schlechten Tag gehabt, aus welchem Grund auch immer. Vielleicht hatte er auch Recht und seine Frau ist »natürlich« und »immer« die Letzte, vielleicht schafft sie es einfach nie, pünktlich zu sein. Vielleicht ist er seinerseits immer ungeduldig und voller Kritik und sagt nie ein freundliches Wort zu ihr. Wie dem auch sei, sein unfreundliches Verhalten war für seine Frau ein Schlag ins Gesicht. Es war ganz offensichtlich, dass sie dadurch ihre Freude verlor. Ich meine übrigens auch ein bisschen ...

Wie mag es weitergegangen sein? Ob er ihr die Autotür aufgehalten hat, oder ob sie selber zusehen musste, wie sie mit ihrer großen Tasche ins Auto kam? Ob er böse vor sich hingestarrt und mit betont dramatischen Gebärden den Motor angelassen hat? Ob sie unterwegs geschwiegen haben oder ob er seine Schimpftirade fortgesetzt hat? Ob sie zu Hause direkt in die Küche geeilt ist, um zu kochen? Ob diese hässlichen Worte sie belastet haben oder ob dieses

Verhaltensmuster schon längst ein fester Bestandteil ihrer Ehe ist? Und wenn es so wäre, wird sich das dann nie mehr verändern, wird es immer so bleiben?

»Alle Menschen sollen eure Güte und Freundlichkeit erfahren«, schreibt Paulus optimistisch in seinem Brief an die Philipper. Diesen Worten geht der Satz voraus: »Freut euch Tag für Tag, dass ihr zum Herrn gehört.« Ich vermute, dass zwischen diesen beiden Aufforderungen eine Verbindung besteht.

Die Worte eines gedankenlosen Schwätzers verletzen wie Messerstiche; was ein weiser Mensch sagt, heilt und belebt.

Sprüche 12,18; Hoffnung für alle

Besondere Menschen (2)

Als ich im dritten Semester in Utrecht studierte, nahm ich an einer christlichen Studentenkonferenz in Österreich teil. »Teilnehmen« ist übrigens nicht das richtige Wort: Ich war auf Drängen meiner Schwester mitgegangen, aber in Wahrheit lag mir nichts daran. Es waren die Berge, die mich anzogen, das christliche Drumherum nahm ich in Kauf.

Die Konferenz fand in einem alten Schloss statt, das zuvor als exklusives Hotel und internationaler Jagdklub genutzt worden war. Fotos und verschiedene Gegenstände erinnerten an die Zeit, zu der die Großen der Erde – unter anderem die damalige Prinzessin Juliana und ihr Gatte Prinz Bernhard sowie verschiedene Filmstars – dort zu Gast gewesen waren. Aber nun war eine neue Ära angebrochen. Das Schloss war zu einem christlichen Veranstaltungszentrum umgebaut worden. Man hatte Schlafsäle eingerichtet, der alte Ballsaal wurde zu einer Bibliothek und im Obergeschoss gab es jetzt einen Hörsaal.

Die Amerikanerin Melody wurde eine meiner Zimmergenossinnen. Sie hatte als Kind Polio gehabt. Ihre Beine wurden durch Schienen gestützt und sie konnte sich nur mithilfe von Krücken (mühsam) fortbewegen. Dennoch war sie eine fröhliche junge Frau, die ihrem Namen alle Ehre machte. Sie war mit einem angehenden Pastor verlobt und freute sich auf ihr zukünftiges Leben, auch wenn sie manchmal Zweifel hatte, ob sie es körperlich bewältigen würde.

Während der Konferenz waren die Tage vollgepackt und lang, und wir führten intensive Gespräche mit Studenten

aus aller Welt. Wenn wir endlich im Bett lagen, waren wir todmüde. Trotzdem klingelte jeden Morgen in aller Frühe in dem Bett unter mir ein Wecker. Ehe ich mich wieder umdrehte, sah ich, wie Melody ihre Beine aus dem Bett hob und sich am Tisch festhielt, um sich ohne die Unterstützung ihrer Beinschienen an den dort stehenden Stuhl zu schleppen. Am ersten Morgen fragte ich sie noch, ob ich ihr irgendwie helfen könne. Das war jedoch nicht nötig. Melody kam allein zurecht und wollte gern in Ruhe gelassen werden. Wenn sie dann am Tisch saß, nahm sie ihre Bibel, ein Tagebuch und einen Stift. Dann wurde es still und ich konnte weiterschlafen.

Was machte Melody da in aller »Herrgottsfrühe«? Ich begriff es nicht. Warum stand sie zu solch einer lächerlich frühen Uhrzeit auf? Ich hatte keine Ahnung. Aber dass sie mit etwas Wichtigem beschäftigt war, war offensichtlich. Wenn ich durch meine halb geschlossenen Wimpern zu ihr hinüberblinzelte, saß sie manchmal ganz still da, manchmal schrieb sie Seite um Seite voll. Was machte sie nur? Führte sie Tagebuch über die Konferenz oder waren es die tiefen Seelenergüsse über ihren Liebsten, die sie dem Papier anvertraute?

Eines Tages war ich allein im Zimmer, ein idealer Moment, um herauszufinden, was Melody beschäftigte. Auch wenn ich mich ein bisschen schuldig fühlte, siegte die Neugier. Ich fand ihr Tagebuch unter ihrem Kopfkissen, setzte mich an den Tisch und schlug es erwartungsvoll auf. Es dauerte vielleicht eine halbe Minute, dann wurde mir klar, dass ich eine Grenze überschritten hatte. Ich befand mich auf unbekanntem Terrain – mitten im Gespräch zwischen ei-

nem Menschen und ... seinem Gott. Melodys Tagebuch war ein Gebet, in dem sie ihr Leben mit Gott besprach, auch ihren Kummer über ihre Behinderung. Würde sie eine gute Frau sein für diesen Mann, der Prediger werden wollte? Konnte Gott sie gebrauchen?

Ich habe nicht mehr gelesen als ein paar Sätze. Das war genug. Außerdem empfand ich mich als Eindringling, und ich schämte mich zutiefst. Was ich gelesen hatte, ging mich nichts an, das spürte ich ganz genau. Aber was mich am betroffensten machte war, dass man offenbar so persönlich mit Gott umgehen konnte. Aus Melodys Tagebuch sprachen sowohl Freundschaft und Vertraulichkeit als auch tiefe Ehrfurcht vor einem heiligen Gott. Den sie offensichtlich kannte. Diese Tatsache »threw me«, wie die Engländer das so schön sagen: Sie haute mich um.

Dieser Sommer veränderte mein Leben. Das kam zu einem großen Teil durch das, was Melody mir zeigte. Unbewusst, denn sie wusste nicht, dass ich auf sie achtete, dass ich morgens früh zu ihr hinüberblinzelte, wenn sie mit ihrem himmlischen Freund sprach. Es kam dadurch, dass ich sie und andere beobachtete und darüber nachdachte, warum sie so dachten und lebten, wie sie es taten. Das war, im wahrsten Sinne des Wortes, ein »Augenöffner«. In jenem Sommer in Österreich bin ich Gott begegnet oder besser gesagt, er hat sich mir offenbart – und seit jener Zeit habe ich selbst ziemlich viele Tagebücher vollgeschrieben.

Denn wir sind für Gott ein Wohlgeruch Christi unter denen,
die gerettet werden.

2. Korinther 2,15

Die Badezeremonie

Ich war etwa acht, als wir ein neues Familienmitglied bekamen: Hansel, einen rauhaarigen Schnauzer mit einem beeindruckenden Schnurrbart. Hansel hatte den größten Teil seiner ersten Lebensjahre damit verbracht, angekettet vor einem Heizkörper zu liegen. Vielleicht war er dadurch falsch geworden – das war zumindest die Information, die wir erhielten, als wir ihn bekamen.

Glücklicherweise hatten wir jedoch gar keine Probleme mit ihm. Es gab nur zwei Situationen, in denen Hansel die Zähne fletschte: beim Anblick des uniformierten Postboten und während der Badezeremonie. Letztere war ein regelmäßig wiederholtes notwendiges Übel, weil Hansel größten Genuss dabei empfand, sich während unserer Strandspaziergänge in Pferdeäpfeln oder verfaultem Fisch zu wälzen. Pferdeäpfel waren nicht allzu problematisch, denn sie ließen sich, wenn sie einmal getrocknet waren, leicht abbürsten. Verfaulter Fisch jedoch klebte an Haut und Haaren und verwandelte den Hund in eine abstoßende Kreatur. Auf dem Weg vom Strand nach Hause konnten wir den Übelkeit erweckenden Gestank kaum ertragen. Im Sommer zog das den Gartenschlauch nach sich, im Winter die Badezeremonie. Letztere war eine echte Plage.

Zwei Badefrauen (meist meine Mutter und ich) hüllten sich in riesige Schürzen in dem vergeblichen Versuch, selbst trocken zu bleiben. Das Badezimmer wurde weitgehend leer geräumt und mit alten Tüchern und Lappen ausgelegt. Als Tüpfelchen auf dem i wurde dem Wasser Bade-

schaum zugesetzt, der intensiv aufgeschlagen wurde. Inzwischen wurden auch unten im Wohnzimmer die nötigen Vorbereitungen getroffen: Der Kamin wurde angezündet und die Festkommission machte sich bereit zum Gala-Empfang.

Hansel selbst sorgte dafür, dass er beizeiten untergetaucht war. Er wurde jedoch immer aufgespürt und ohne Pardon die Treppe hinaufgetrieben. Einmal im Badezimmer angekommen (und eingesperrt), wurde ihm von meiner Mutter ein großes Badetuch unter den Bauch geschoben und über seinem Rücken verknotet. Dieser Knoten diente uns während des Bades als Griff; das war eine notwendige Vorsichtsmaßnahme, da es ein gefährliches Unterfangen war, Hansel ins Wasser zu hieven. Sein Kopf drehte sich wild hin und her, während seine Kiefer mit den gelb gewordenen Zähnen gefährlich auf und zu klappten. Als er dann endlich in der Badewanne war, begann der »Kampf zu Wasser«. Wir Badefrauen waren innerhalb weniger Sekunden triefnass und schrubbten das Tier, als hinge unser Leben davon ab.

Unvermeidlich folgte nach der Raserei der Augenblick der Kapitulation. Mit flach an den Kopf gelegten Ohren ließ Hansel die Zeremonie resigniert über sich ergehen. Während das Schmutzwasser Richtung Ausguss floss, wurde der Hund mit lauwarmem Wasser abgespült und danach aus der Wanne gehoben und trockengerieben. Daraufhin wurde die Tür zur Freiheit aufgeschlossen, was für die Wachhabenden im Erdgeschoss das Signal war, in Aktion zu treten.

Während Hansel die Treppe hinuntersauste, straffte das

Festkomitee den Rücken, um ihm bei seinem Erscheinen eine angemessene Begrüßung angedeihen zu lassen. In dem Moment, wenn er ins Zimmer sauste, brandete enthusiastischer Beifall auf und die Anwesenden riefen im Chor: »Hansel, was bist du schöööööön!« Ausgelassen drehte er dann in rasendem Tempo ein paar Runden durchs Wohnzimmer. Das dauerte so lange, bis die erschöpften Waschfrauen, das Haar in nassen Strähnen um den Kopf, durch die Tür traten. Das war der Höhepunkt: Zutiefst durchdrungen von seinem neuen Status, ließ Hansel sich vor den offenen Kamin plumpsen und zeigte die Zähne. Diesmal mit dem glückseligen Lächeln eines sauber gewaschenen Tieres. Er hatte ein wichtiges Prinzip begriffen: Es mag ein herrliches Gefühl sein, sich im Dreck zu wälzen, aber dieser Genuss wird bei weitem übertroffen durch das wunderbare Gefühl, wieder sauber zu sein.

Entsündige mich mit Ysop, dass ich rein werde; wasche mich,
dass ich schneeweiß werde.

Psalm 51,9

Mit Liebe geschenkt

Anfang Dezember bekam ich Besuch von einem achtjährigen Nachbarsmädchen, das offensichtlich ganz gebannt war vom Nikolausgeschehen. »Ich hab mir gedacht«, sagte sie, »ich will mal Knecht Ruprecht spielen.« Sie überreichte mir ein Geschenk, das mit viel Papier und reichlich Tesafilm umwickelt war. Ich holte eine Schere aus der Küche, und dann setzten wir uns zusammen aufs Sofa. Dort öffnete ich das Päckchen und hielt einen kleinen Kunststoff-Stiefel in der Hand, bunt bemalt mit Filzstift und Wasserfarben. Einen Moment war ich sprachlos, dann machte ich den Mund auf, um dem Mädchen zu danken. Aber sie war schneller als ich. »Riech mal«, flüsterte sie. Ich roch vorsichtig an dem Stiefelchen und nahm einen unangenehmen Geruch wahr von Kunststoff, Farbe und ... billiger Seife?

Sie sah mich strahlend an. »Du riechst Parfüm«, sagte sie gewichtig. »Von meiner Mutter.« Und gleich darauf: »Was stellst du da rein?« Ich dachte fieberhaft nach, das erschreckend hässliche Stiefelchen in den Händen. Und plötzlich stand ich in Gedanken als Siebenjährige in einem vollgestopften, unordentlichen Kramladen in dem Ort, wo ich aufgewachsen bin. Ich hatte dort im Schaufenster eine kleine Tonvase entdeckt; sie hatte die Form eines Karrens auf zwei großen Rädern, der von einem Esel mit einem Schlapphut gezogen wurde. Das Ganze war ebenso bunt angemalt wie der Stiefel von meinem Nachbarmädchen. Und ... genauso unansehnlich, ein absoluter Misston in jedem Wohnraum. Aber ich war verzaubert. Nachdem ich

mir ein paar Tage lang an jenem Schaufenster die Nase platt gedrückt hatte, wusste ich, dass das mein Muttertagsgeschenk werden musste.

In jenem Jahr traf ich, auf den Zehen wippend und mit meinem Gesicht gerade über dem Tresen, eine finanzielle Regelung mit der Besitzerin des Ladens. Ich gab ihr mein Taschengeld von dieser Woche als Anzahlung und musste dann während einer bestimmten Zeit noch ein paar Cent pro Woche abzahlen. Aber ich bekam das Väschen gleich mit nach Hause, und mein Geschenk war ein voller Erfolg. Meine Mutter hat ihm jahrelang einen Ehrenplatz auf dem Kaminsims oder auf dem Tisch gegeben. Es sah am schönsten aus, wenn es mit einem bunten Strauß Stiefmütterchen gefüllt war.

Nachdem meine Mutter gestorben war, habe ich den Tonkarren mit nach Hause genommen. Er steht seitdem auf dem Vasenregal in meinem Keller. Benutzt habe ich ihn nicht mehr, er ist so hässlich, dass ich es nicht fertig bringe, ihm einen Platz in meinem Wohnzimmer zu geben. Aber jedes Mal, wenn ich ihn sehe, denke ich an meine Mutter, die das sehr wohl fertig brachte und das hässliche, bunte Väschen immer wieder feierlich aufstellte. Mit ehrlicher Begeisterung.

Neben mir auf dem Sofa stupste mein Nachbarsmädchen mich ungeduldig in die Seite und holte mich aus meinen Erinnerungen zurück. Sie zeigte auf ihr Kunststoff-Stiefelchen und wiederholte ihre Frage. »Was stellst du da rein?« Ich dachte einen Augenblick nach und sagte: »Vielleicht bewahre ich Bonbons darin auf. Oder warte, das wäre eigentlich schade um so eine hübsche kleine Vase. Ich denke,

ich stelle sie in mein Schlafzimmer, mit einer Rose darin.« Ich stand auf, stellte das Stiefelchen auf den Tisch, ging in die Küche und schenkte uns ein Glas Limonade ein. Wir haben miteinander auf das Stiefelchen angestoßen und dann ist Knecht Ruprecht nach Hause gegangen.

Ich selbst setzte mich wieder hin und musste an eine Geschichte denken, die ich einmal gehört hatte: Eine Frau hatte während der Kriegsjahre von ihrer Schwiegermutter, zu der sie nicht die beste Beziehung hatte, eine Schachtel Pralinen bekommen. Sie war darüber ziemlich aufgebracht. Es war sehr schwer für sie, ihre große Familie durchzubringen. Was sollte sie da mit einer Schachtel Pralinen? Ein paar Wochen später gab sie sie einer Bekannten. Diese machte sie ihrerseits wieder einer anderen zum Geschenk und das wiederholte sich noch einige Male, bis die Pralinen nach gut einem Jahr wieder bei derselben Familie landeten. Die Schwiegermutter war inzwischen gestorben. Diesmal wurde die Schachtel geöffnet, und da stellte sich heraus, dass unter dem Deckel ein Hundertguldenschein steckte, zusammen mit einer Karte: »Das könnt ihr bestimmt gut gebrauchen. Alles Liebe, Ma.«

Etwas, das äußerlich unansehnlich scheint, kann in Wirklichkeit großen Wert besitzen.

Über alles aber zieht an die Liebe ...

Kolosser 3,14

Gerade Spuren

Ich bin eine begeisterte Langläuferin und betrachte dies als das wahre Skifahren, weil man dabei kaum einen Muskel unbenutzt lässt und einen sehr langen Atem braucht. Ich liebe es, einfach irgendwo loszufahren, ohne dass ich durch eine ellenlange Schlange von Wartenden vor einem Skilift aufgehalten werde. Ich liebe eine entspannte Tour, die an »stillen Wassern« und schneebedeckten »grünen Auen« entlangführt, denn dann kann ich mir die Zeit nehmen, mit meinem Feldstecher nach Raubvögeln und Gämsen Ausschau zu halten, ohne dabei Gefahr zu laufen, von Geschwindigkeitsfanatikern über den Haufen gefahren zu werden. Ich liebe die Gemütlichkeit einer alten Berghütte, wo einem auf einem Holztisch ein Becher heiße Schokolade und Topfenstrudel mit Vanillesauce serviert werden.

Nicht immer komme ich auch wirklich dort an. Ich beginne meine Tour sehr gehorsam. Ich folge der Route, die ein erfahrener Führer wohlüberlegt für die Langläufer abgesteckt hat. Aber irgendwo unterwegs beginnt es in meinen Füßen zu kribbeln. Ich will meine eigene Spur ziehen, weil ich glaube, dass ich dann in ein noch schöneres Gebiet kommen werde. Ich will nicht, dass ein anderer für mich bestimmt, wo ich entlang- oder herauskomme. Wenn ich auf der Strecke vor mir einen Wald sehe, vermute ich, dass es dort kühl ist, weil die Sonne nicht durchdringen kann auf die Loipe. Lieber biege ich dann nach links oder nach rechts ab ...

Mehr als einmal habe ich meinen eigenen Weg gewählt

und dabei den Kürzeren gezogen, weil mein Plan nicht an den des erfahrenen Führers heranreichte, der eine vollkommene Spur gezogen hatte. Manchmal stand ich vor einem reißenden Gebirgsbach, den ich nicht überqueren konnte. Manchmal stand ich vor einem Steilhang, der mit Langlaufskiern nicht zu bewältigen war. Manchmal kam ich an eine Berghütte, aber keine, die offen war. Und kein Mensch war da, den ich nach dem Weg fragen konnte.

Bei einer Loipe gibt es verschiedene Schwierigkeitsgrade, die auf Tafeln entlang der Strecke markiert sind. Wenn ich mich recht erinnere, bedeutet Blau »einfach zu bewältigen«, während Rot ein bisschen mehr Erfahrung und Mut erfordert. Und Schwarz ist für einen unerfahrenen Läufer eine brenzlige Sache. Sie können es sich denken – ich liebe Schwarz, weil das abenteuerlich und spannend ist. Sogar ein Totenkopf auf der schwarzen Tafel neben der Loipe kann mich nicht daran hindern, nonchalant von der Spur abzubiegen, die meinem Niveau entspricht, und den schwierigen Weg zu wählen. Und dann schwitze ich Blut und Wasser, weil ich bei weitem nicht so tapfer und abenteuerlustig und erfahren bin, wie ich mir selbst einrede. Außerdem komme ich mit meinen ziemlich mitgenommenen Kniegelenken schon lange nicht mehr sehr weit. Das weiß ich zwar, aber ich vergesse es auch gern.

Kennen Sie das? Den Stolz und Eigensinn, der einen dazu bringt, die richtige Spur zu verlassen? Wodurch man dann nicht nur das Schöne verpasst, sondern sich auch noch gehörig in Schwierigkeiten bringt? Kennen Sie das, so erfüllt von seinem eigensinnigen Verlangen zu sein, dass man nichts anderes mehr wahrnimmt? Dieses tolle Gefühl,

das einen daran hindert, realistisch zu denken? Es liegt so nahe, sein Gefühl darüber entscheiden zu lassen, was gut ist. Zu tun, was sich gut anfühlt, nicht das, was tatsächlich gut ist.

Es gibt immer Mitreisende, die mit uns »mitfühlen« oder mitgehen oder uns einladen, mit ihnen mitzugehen. Es gibt auch diejenigen, die uns davon abraten, die Spur zu verlassen, die der erfahrene Führer für uns markiert hat. Aber wir tun es trotzdem. Ehe man sich versieht, ist man enttäuscht, verletzt, angeschlagen, verwundet.

Der Prophet Jesaja sagt: »Des Gerechten Weg ist eben, den Steig des Gerechten machst du gerade« (Jesaja 26,7). Im Neuen Testament werden wir dazu aufgerufen, auf jenem guten Weg voranzugehen (Philipper 3,16; Gute Nachricht) und den Blick dabei fest auf Jesus zu richten. Wer ihn zum Führer hat, wird nie enttäuscht werden, sondern das Leben finden.

*Wir wollen den Blick auf Jesus richten, der uns auf dem Weg
vertrauenden Glaubens vorangegangen ist
und uns auch ans Ziel bringt.*

Hebräer 12,2; Gute Nachricht

Jahreszeiten des Lebens

In dem kleinen Garten hinter meinem Haus stehen zwei prächtige alte Bäume. Leider haben meine Nachbarskatzen sich den violetten Flieder zu ihrer Lieblings-Nagelfeile auserkoren. Ich habe getan, was ich konnte, um den Baum vor dem täglichen wüsten Kratzritual zu schützen, aber leider ist die Rinde ernsthaft beschädigt. Der andere ist ein Apfelbaum mit einem knorrigen Stamm und knorrigen Ästen. Er erinnert mich manchmal an eine alte, gebeugte Frau mit schmerzhaft geschwollenen Gelenken.

Wenn im Herbst oder im Winter Regen und Hagel auf meine alten Bäume einprasseln, frage ich mich immer wieder, ob sie das überleben, und bezweifle, dass sie jemals wieder Blüten tragen. Aber wenn der Frühling kommt, springen die Knospen auf und der Flieder ist in frisches grünes Laub gehüllt, während der alte Apfelbaum ein Meer von herrlichen, zartrosa Blüten trägt. Ich weiß dann, dass der Moment kommen wird, in dem sich die Äste biegen werden unter dem Gewicht der dunkelvioletten Fliederdolden und saftigen Äpfel. Jedes Jahr ist das wieder ein Fest – ein Wunder von Leben und Überfluss.

Meine alten Bäume sind wahre Lebenskünstler. Ob kahl oder voller Blüten, sie sind in jeder Jahreszeit wundervoll und attraktiv. Selbst ihre beschädigte Rinde und die knorrigen Äste sind faszinierend schön. Und zudem haben sie ein reiches Innenleben, das unseren Augen verborgen ist. Wenn im Haus die Zentralheizung auf Hochtouren läuft und die Natur kein Lebenszeichen erkennen lässt, wird im Innern dieser Bäume schon die Blüte vorbereitet.

Ein bekannter Psalm vergleicht Menschen, die auf Gott vertrauen, mit Bäumen, die am Wasser gepflanzt sind. Dort steht: »Der ist wie ein Baum, gepflanzt an Wasserbächen, der seine Frucht bringt zu seiner Zeit, und seine Blätter verwelken nicht.« Ehrlich gesagt sind in der Umgebung meiner beiden alten Bäume keine Wasserbäche zu erkennen, abgesehen von dem künstlichen Bächlein im Garten meiner Nachbarn, das mittels einer elektrischen Pumpe stundenweise vor sich hin plätschert. Diese Art von »Wasserbächen« beeindrucken meine alten Bäume nicht, sie haben ihre Wurzeln tief in die Erde geschlagen, um dort lebendiges Wasser zu finden. Das Resultat spricht für sich: Diese alten Bäume trotzen den Jahreszeiten, sie ertragen brennende Sonne ebenso wie stürmischen Wind und sogar Sturm und Hagel. Ihre Kraft nimmt im Laufe der Jahre nur zu. Auch wenn sie krumm sind und hier und da eine schadhafte Stelle haben, bringen sie dennoch prächtige Blüten und reiche Frucht hervor.

Auch wir Menschen kennen verschiedene Jahreszeiten in unserem Leben. Unsere Winter kommen, wenn die Liebe in einer Ehe abhanden kommt oder wenn es Probleme gibt in der Familie oder bei der Arbeit. Wenn sich solche Situationen länger hinziehen, dann zittern wir vor Kälte, und es wird dunkel in unserem Leben. Aber dann werden wir überrascht von neuer Hoffnung und Freude: Der Frühling kommt, wenn wir in froher Erwartung nach Neuem Ausschau halten. Zu anderen Zeiten scheint das Leben nur Freude zu bringen: Wir genießen eine kostbare Freund-

schaft, zu Hause herrschen Friede und Harmonie, unsere Arbeit erfüllt und begeistert uns – es ist Sommer! Doch dann ziehen Wolken auf: Wir bekommen Schwierigkeiten am Arbeitsplatz, unsere Gesundheit lässt zu wünschen übrig, wir stecken in einem schmerzlichen Konflikt oder wir verlieren einen geliebten Menschen. Es ist Herbst – die Blätter fallen und wir stehen mit leeren Händen da.

Wie können wir lernen, ebenso wie die beiden alten Bäume den verschiedenen Jahreszeiten standzuhalten? Wie können wir verhindern, dass Herbst und Winter uns überfallen und zerbrechen? Wie können wir in allen Situationen an der Hoffnung auf den Frühling und die Freude und Fülle des Sommers festhalten? Wir können es, indem wir den Mut haben, uns nicht abhängig zu machen von günstigen Umständen und sofortigem Erfolg. Indem wir tief genug graben und so den Strom des lebendigen Wassers finden. Wenn wir aus ihm trinken, schenkt uns das Kraft und lässt uns blühen – zu jeder Jahreszeit.

Es gibt jemanden, der verkündigte, dass er dieses Wasser nicht nur kennt, sondern dass er selbst dieses Wasser ist. Jesus sagte zu einer Frau, die genug hatte von ihrem erschöpfenden Lebensstil und enttäuscht darüber war, dass sie kein Wasser finden konnte, das den Durst ihrer Seele löschte: »Wer aber von dem Wasser trinken wird, das ich ihm gebe, den wird in Ewigkeit nicht dürsten, sondern das Wasser, das ich ihm geben werde, das wird in ihm eine Quelle des Wassers werden, das in das ewige Leben quillt.«

Diese Frau und viele andere Menschen mit ihr begriffen, was er meinte, und machten sich auf die Suche nach dem, was er versprach: Leben anstelle des Todes, Vitalität statt

Stagnation, Friede und Kraft statt Unruhe und Ohnmacht, Hoffnung statt Hoffnungslosigkeit. Sie fanden es … in ihm.

Und der Herr wird dich immerdar führen und dich sättigen in der Dürre und dein Gebein stärken

Jesaja 58,11

Altweiberfabeln

Stellen Sie sich vor: eine christliche Zusammenkunft auf einem Platz im Freien. Hunderte, nein Tausende haben sich dort eingefunden. Einige Jugendliche schaukeln entspannt in Hängematten zwischen den Bäumen, andere Teilnehmer sitzen auf Steinen oder einfach im Moos und wieder andere sind so schlau gewesen, Klappstühle oder Decken mitzubringen. Familien haben eine Plastikfolie oder eine Wolldecke ausgebreitet und haben sich darauf niedergelassen, die Kühltasche mit Getränken und belegten Broten griffbereit.

Wohin man auch guckt, überall sitzen Menschen. Es ist ein prächtiger Anblick, wenn man von der Lichtung aus, auf der ein kleines Podium aufgestellt ist, zu den umliegenden Hügeln hinaufschaut. So muss es gewesen sein, als Jesus vom Fischerboot des Petrus aus gepredigt hat. Oder bei der Speisung der Fünftausend. Der Strand und die Hügel waren damals auch voller Menschen.

Es ist beeindruckend zu erleben, dass auch heute diese große Menschenmenge still und andächtig lauscht. Den Liedern, die vorgetragen werden. Dem Zeugnis und der Predigt, die darauf folgen. All die Tausende, die die vielen Male, wenn der Himmel seine Schleusen öffnet und Regen herabschüttet, fröhlich unter ihren Regenschirmen Schutz suchen, sind gekommen, um Nahrung zu empfangen aus Gottes Wort. Abgesehen von dieser einen ...

Sie sitzt auf einem Klappstuhl in der Menschenmenge und redet. Und redet. Erst mit ihrer Nachbarin zur Linken,

einer Frau, die anfangs Interesse zeigt, sich dann aber demonstrativ abwendet in der Hoffnung, auf diese Weise dem Redestrom zu entkommen. Es hilft nicht. Die Frau redet einfach weiter. Ich sitze zwei Reihen hinter ihr, aber selbst dort kann ich nicht umhin, ihrer lauten Stimme zuzuhören. Die Frau hat offensichtlich »Babbelwasser getrunken«, sie muss ihre Geschichten loswerden. Also redet sie weiter. Sie scheint überhaupt nicht wahrzunehmen, worum es hier eigentlich geht. Ich frage mich, warum sie überhaupt gekommen ist? Vielleicht, weil dies *das* Ereignis in ihrer Gegend ist, und sie dabei gewesen sein muss? Oder will sie einfach unter Menschen sein, damit sie jemanden hat, der ihr zuhört?

Vor dieser Frau sitzen einige junge Leute. Sie haben ihre Bibeln in der Hand und verfolgen aufmerksam die Predigt. Sie werden abgelenkt durch die Stimme hinter ihnen. Man sieht es an ihren Bewegungen. Sie blicken sich ein paar Mal um, einer von ihnen hält sich demonstrativ die Ohren zu. Dann dreht sich ein Stück weiter vorn ein alter Mann um. Er sieht der Frau direkt ins Gesicht und zischt ein nachdrückliches »Sssssst«. Auch das zeigt nicht die gewünschte Wirkung. Die Frau redet ungerührt weiter. Sie hat ein neues Opfer gefunden, den Mann zu ihrer Rechten. Er wagt sich nicht von ihrem Gerede zu distanzieren, auch wenn er sie nicht ansieht. Manchmal wirft er einen scheuen Blick zu ihr hinüber und nickt kurz. Seine Haltung zeigt, dass die Predigt ihn zwar fesselt, dass er aber Mühe hat, sich zu konzentrieren.

Nun wird gebetet und man erhebt sich zu einem Lied. Im strömenden Regen strecken die Menschen ihre steif gewor-

denen Knie und stimmen in ein herrliches Loblied ein. Es
ist überwältigend, diese Tausende singen zu hören. Nur ...
vor mir redet immer noch diese Frau. Ihre Nachbarn zur
Linken und zur Rechten singen konzentriert und hinge-
bungsvoll. Sie macht nicht mit. Ihr Programmzettel, auf
dem auch die Lieder abgedruckt sind, ragt stolz aus ihrer
Handtasche heraus. Er sieht unbenutzt aus, ich vermute,
dass sie noch keinen Blick darauf geworfen hat. Der Sinn
der Zusammenkunft scheint ihr total entgangen zu sein.

Als der Gottesdienst vorbei ist, ist es still. Die Menschen
sind berührt von dem Wort Gottes, das sie so deutlich ver-
nommen haben. Der Sprecher hat sie dazu eingeladen, das
Gehörte einsinken zu lassen, einen Moment still zu bleiben,
zu beten und, falls gewünscht, einen Mitarbeiter aufzusu-
chen zu einem persönlichen Gespräch.

Die Frau vor mir steht auf. Sie klappt ihren Stuhl zusammen und klemmt sich die Handtasche unter den Arm.
»Mistwetter«, sagt sie zu ihrem Nachbarn. »Eigentlich Un-
sinn, jetzt draußen zu sitzen.« Sie wartet seine Reaktion
nicht ab und geht davon. Eine einsame Frau, so wirkt sie auf
mich. Eine Frau, die es verlernt hat, offen zu sein für andere. Ich empfinde eine Mischung aus Trauer und Ärger. Trauer über ihre Einsamkeit. Ärger wegen ihrer Haltung, ihres
unaufhörliches Geredes, mit dem sie die anderen gestört
hat.

Plötzlich fallen mir die Worte von Paulus ein: »Die un-
geistlichen Altweiberfabeln aber weise zurück« (1. Timo-
theus 4,7). Und dann steht dort: »Übe dich selbst aber in
Frömmigkeit!« Ich mag das Wort »Altweiberfabeln« nicht,
das muss ich zugeben. Als Frau fühle ich mich ein bisschen

gekränkt, als ob nur meine Geschlechtsgenossinnen sich unheiliges und unfruchtbares Geschwätz zuschulden kommen ließen. Und doch, an jenem regnerischen Tag inmitten von Tausenden von Menschen erlebte ich dort ein Musterbeispiel. Niemand konnte etwas mit dem Redestrom dieser alten Frau anfangen. Von Dingen wie einem neuen Fußboden, der gelegt wurde, und Handwerkern, die ihre Arbeit nicht richtig machten. Von ihren Händen, die nicht mehr so schön waren wie früher. Von Mitgliedern ihrer Kirchengemeinde, an denen es Beträchtliches zu bemängeln gab. Mit ihrem Gerede war sie ein störendes Element in einer heiligen Gemeinschaft. Die Leute wandten sich von ihr ab. Sie wollten dem Gottesdienst beiwohnen, sie wollten wahrnehmen, was dort stattfand, was dort verkündigt wurde. Sie wollten Gottes Wort hören, still werden in seiner Gegenwart. Die alte Frau hatte daran überhaupt kein Interesse. Und so ging sie am Ende der Versammlung genauso weg, wie sie gekommen war. Den Segen, der für sie bereitstand, den Trost, die Hoffnung, die Ermutigung und ... die herzliche Begegnung mit Menschen, die sich eins wussten in Gott, das alles hatte sie verpasst. Wie unendlich schade.

Kommt her zu mir alle, die ihr mühselig und beladen seid;
ich will euch erquicken.

Matthäus 11,28

Zum Sperrmüll gestellt ...

Kennst du mich noch?« Die Stimme am Telefon ist die eines ehemaligen Kollegen aus der Zeit, als ich bei dem Radio- und Fernsehsender »Evangelische Omroep« arbeitete. »Natürlich kenne ich dich noch!«, sage ich überrascht. »Wie schön, dass du anrufst. Wie geht es dir, und wie läuft es dort in Hilversum?« Es ist allgemein bekannt, dass sich in der Medienlandschaft einiges tut. Es ist eine Zeit großer Veränderungen, neuer Strukturen und Arbeitsmethoden, eine Zeit, in der langjährige Mitarbeiter weggehen und neue kommen. Eine Zeit, in der die öffentlichen Rundfunk- und Fernsehsender alle Segel setzen müssen, um in einem Ambiente zu bestehen, in dem es um Millionen geht und die kommerziellen Sender ausgezeichnete Geschäfte machen.

»Ich bin gerade zum zweiten Mal umgezogen«, sagt mein Ex-Kollege. »Bei all den internen Veränderungen und Erneuerungen gibt es eine ziemliche Hin- und Herschieberei. Gerade, wenn du deinen Platz gefunden und deinen Schreibtisch eingeräumt hast, kannst du wieder umziehen. Einen Stock tiefer oder höher, vors Fenster oder neben die Tür. Nicht nur der Arbeitsplatz ändert sich, auch die Menschen, mit denen man zusammenarbeitet. Neue Kollegen, ein neuer Chef, wir bleiben in Bewegung.« Dann fährt er fort: »Dass ich dich jetzt anrufe, hat mit meinem letzten Umzug zu tun. Ich bin in einem Zimmer gelandet, in dem du mal dein Büro hattest. Es war inzwischen zum soundsovielsten Mal ausgeräumt worden und dabei waren anscheinend einige alte Sachen zum Vorschein gekommen. Am Pa-

pierkorb lehnte ein großes Foto von dir, ein sehr schönes, muss ich sagen. Ich fand, dass ich es retten musste, bevor es im Müllcontainer landete. Jetzt steht es in meinem Zimmer und ich wollte dich fragen, was du damit machen willst.«

»Das ist ja sehr aufmerksam von dir!«, antworte ich. »Ob ich etwas mit einem großen Foto von mir selbst machen will, weiß ich noch nicht, aber ein Müllcontainer in Hilversum scheint mir doch ein bisschen traurig als Endstation. Ich lasse mir was einfallen, wie ich es hierher bekomme.«

Wir reden noch ein bisschen weiter. Mein Kollege erzählt mir verschmitzt von noch ein paar anderen Gegenständen, die er vorm Untergang bewahrt hat. Nachdem er bei früheren internen Umzügen ein paar schöne Dinge gefunden hat, durchstöbert er inzwischen regelmäßig die Papierkörbe und Müllcontainer des Bürogebäudes. Einmal fand er dort einen Gegenstand, den die Direktion viele Jahre zuvor als Geschenk erhalten hatte. »Ich habe es saubergemacht und auf den Sitzungstisch im Direktionszimmer gestellt«, sagt er grinsend. »Ich könnte mich kringeln deswegen: Sie dachten, sie wären das Ding endgültig los, und nun hatten sie es plötzlich wieder auf dem Tisch stehen!« Ich sage, dass ich mir das lebhaft vorstellen kann. Solche Werbegeschenke entsprechen längst nicht immer dem eigenen Geschmack und sind manchmal absolut unpraktisch. Aber wenn man sie nicht benutzt, fühlt man sich schuldig, und wegwerfen kann man sie schon gar nicht. Aber was soll man machen, wenn man etwas bekommt, das nicht zu einem passt oder wofür man keinen Platz hat?

Inzwischen steht an der Wand meines Arbeitszimmers ein großes Foto von einer jüngeren Noor. Ich schaue es

manchmal an und denke zurück an die Zeit, in der dieses Foto gemacht wurde, und dann an die Jahre danach. Dass »der äußere Mensch verfällt«, wird überdeutlich, wenn ich dieses Fotos vergleiche mit der Noor von heute. Trotzdem möchte ich nicht tauschen mit jener jüngeren Frau, die ich vor etwa fünfzehn Jahren war. Die Erfahrungen, die ich seitdem gemacht habe, die Lektionen, die ich gelernt habe, sind zu kostbar, um sie einfach einzutauschen. Auch was in geistlicher Hinsicht – in Bezug auf meine Beziehung zu Gott – geschehen und gewachsen ist, ist mir viel wert. Diese Dinge sind nicht aufzuwiegen mit einer straffen Haut, Augen, die auch ohne Brille alles sehen und lesen können, und Händen ohne Altersflecken.

Ich bin ein glücklicher Mensch, auch wenn die Jahre ihre Spuren hinterlassen haben an meinem »äußeren Menschen«. Die Welt mag Menschen, die nicht dem gängigen Schönheitsideal oder dem idealen (jungen) Lebensalter entsprechen, vielleicht abschreiben, aber aus der himmlischen Perspektive sieht das völlig anders aus. An der »totalen Runderneuerung«, die Schönheitsinstitute und Privatkliniken anpreisen, bin ich darum auch nicht interessiert. Viel kostbarer ist das, was die Bibel uns vor Augen stellt: eine fortwährende Erneuerung des »inneren Menschen«. Dafür ist keine teure Schönheitsklinik erforderlich; Gottes Erneuerungsprozess vollzieht sich beinah unbemerkt im täglichen Leben und in der ständigen Begleitung durch seinen Heiligen Geist. Das ist das Schöne, an dem ein Kind Gottes festhalten darf: Gott arbeitet an uns, so dass wir morgen nicht dieselben sind wie gestern. Äußerlich vielleicht ein bisschen verschlissener, aber innerlich ein bisschen neuer.

Gott hat gute Pläne mit uns: Er will in uns die Einstellung und Ausstrahlung seines Sohnes zur Entfaltung bringen. Menschen, die in dieser Hinsicht wachsen, besitzen eine Schönheit, die nicht für Geld zu kaufen ist. Nach dieser Schönheit will ich mich ausstrecken.

... ich bin darin guter Zuversicht, dass der in euch angefangen hat das gute Werk, der wird's auch vollenden bis an den Tag Christi Jesu.

Philipper 1,6